# Tessa

Mathias Grüner

**Mathias Grüner**, geboren 1992 in Berlin, ist Indie-Autor aus Hamburg. Nach seinem Studium der Kulturwissenschaften in Lüneburg, hat er 2022 seinen ersten Roman „Die rote Libelle" veröffentlicht. Seine Geschichten sind besonders von Antihelden und moralischen Fragen geprägt. Neben dem Schreiben arbeitet er als Datenanalyst und betreibt Triathlon.

Mathias Grüner

# Tessa

Roman

Bibliografische Information der Deutschen
Nationalbibliothek:
Die Deutsche Nationalbibliothek verzeichnet diese
Publikation in der Deutschen Nationalbibliografie;
detaillierte bibliografische Daten sind im Internet über
http://dnb.dnb.de abrufbar.

© 2023 Mathias Grüner
Lektorat: Tiziana Olbrich
Cover Design: Mathias Grüner
Herstellung und Verlag: BoD – Books on Demand,
Norderstedt
ISBN: 978-3-7578-5954-1

# Montagmorgen

Der Schwangerschaftstest lauerte auf dem Waschbecken, unberechenbar und bedrohlich, wie eine fette Spinne, die sich jeden Moment bewegen könnte. Tessa saß auf der anderen Seite des Bads, die Arme fest verschränkt, und lehnte an der Wand. Im Sekundentakt klopfte sie mit dem Kopf gegen die kalten Fliesen. Hätte sie nicht um jeden Preis verhindern müssen, dass ihre Eltern etwas mitbekamen, wäre sie schreiend durch das Haus gerannt. Stattdessen saß sie auf einer himmelblauen Bademate, zwischen Kloschüssel und Wäschekorb, wo es nach Citrus-Reiniger stank. Was beim Unterdrücken der aufkommenden Übelkeit wirklich keine Hilfe war.

Tessas Blick wanderte von dem vollgepinkelten Plastikstreifen, der drohte die Kontrolle über ihr Leben an sich zu reißen, zu dem Timer auf ihrem Handy. Zwei Minuten.

Sechs Monate war es erst her, dass sie die Pille abgesetzt hatte. Weshalb es zuerst gar nicht so verdächtig gewesen war, dass sie ein paar Monate ihre Tage nicht hatte. Nach zwei Jahren musste der Körper sich schließlich umgewöhnen. Und das gelegentliche Kotzen in den letzten Wochen konnte genauso gut am Stress der Unibewerbungen gelegen haben. Nächtelang hatte sie, angetrieben von einer Diät aus Kaffee, Fertigpizza und Aspirin, eine neue Reihe Bilder gemalt. Da konnte sich der Magen schon einmal beschweren. Nur die eine Nacht, in der ihre Mutter sie um zwei Uhr nachts am Kühlschrank mit Gewürzgurken und Erdnussbutter erwischt hatte, war wirklich etwas seltsam gewesen.

Als heute Morgen dann aber ein Ziehen im Becken sie wie eine Abrissbirne aus dem Schlaf gerissen hatte, war das ein Zufall zu viel gewesen. Noch während der Schmerz in Wellen durch ihren Körper strahlte, hatte Tessa auf ihrem Handy mit zittrigen Fingern herumgetippt.

Die Internetdiagnose war beunruhigend. Krebs, Aneurysmen, Leistenbruch. Aber unter den ganzen Todesurteilen stand auch Schwangerschaft ganz oben in der Liste. Also hatte Tessa sich vor dem Frühstück freiwillig den Hund gegriffen und einen Umweg in die Drogerie gemacht. Zurück zu Hause hatte sie einen Liter Wasser geleert und sich im Bad eingeschlossen, während ihre Mutter in der Küche Eier und Bacon anbrennen ließ.

Das Handy blinkte. Eine Minute.

Natürlich hatte sie die Nebenwirkungen der Pille loswerden wollen. Die schlechte Stimmung und das extra Gewicht hatten die letzten zwei Jahre der Schule ruiniert. Damit durfte es im Studium auf keinen Fall weitergehen. Und es blieben ja immer noch andere Verhütungsmittel. Kondome boten bei korrekter Anwendung immerhin einen Schutz von neunundachtzig Prozent.

Tessa kaute auf ihrer Unterlippe herum. Korrekte Anwendung. Rückblickend betrachtet war es wohl gar nicht so überraschend, dass Jamie es fertigbrächte, ein Kondom falsch aufzuziehen. Er schaffte es ja auch, beim Rugby mit dem Kopf in eine menschliche Wand zu rennen, frei von Angst vor brechenden Knochen oder der stimulierenden Wirkung einer Gehirnerschütterung. In Gedanken pinnte sich Tessa eine Notiz an, nie mehr mit Menschen unterhalb eines gewissen Reflexionsvermögens zu schlafen, egal wie groß und muskelbepackt sie waren. Falls sie überhaupt jemals wieder mit irgendwem Sex haben wollte.

Ihr Handy vibrierte. Die vom Beipackzettel verlangte Wartezeit war rum. Tessa drückte sich an der Wand hoch. Mit ausgestreckter Hand schob sie sich vorwärts auf das Waschbecken zu, griff den weißen Plastikstreifen und hielt ihn ins Licht. Sie quiekte. Zwei blaue Striche. Der Test flog gegen den Spiegel, prallte ab und rutschte ins Waschbecken. Tessa schaute sich an. Anders als sonst sah sie nicht aus. Ihr Gesicht war immer noch schmal. Blasse glatte Haut und eine rosa Nasenspitze, umrahmt von buschigen Augenbrauen und einem blonden Mittelscheitel bis zu den Schultern. Nichts daran schrie schwanger. Nur die dunklen Streifen unter ihren eisblauen Augen waren etwas ungewöhnlich. Der Impuls, nach Make-up und Föhn zu greifen, flackerte in ihr auf und verebbte genauso schnell wieder. Das würde jetzt auch nichts retten.

Tessa biss sich in die Hand. Sie atmete gegen den Drang zu schreien an und kniff die Augen zu, um die Tränen zurückzuhalten. Die Panik füllte ihren Brustkorb, wie einen zerbeulten Heizkessel, der jeden Moment an irgendeiner Schweißnaht platzen könnte, weil er dem Druck nicht gewachsen war. Mit der freien Hand tastete sie nach dem Wasserhahn, stellte ihn so kalt es ging und drehte auf. Dann hielt sie den Kopf hinein.

Die Kälte stach in der Haut. Tessa konzentrierte sich nur noch darauf, kein Wasser einzuatmen. Jedes andere Gefühl wurde weggespült.

Es klopfte an der Badezimmertür.

»Lebst du noch? Du bist schon eine Ewigkeit da drin«, rief ihre Mutter, aus dem Flur.

Tessa schüttelte das Wasser aus dem Gesicht.

»Ja. Alles gut.« Sie erschrak vor ihrer schiefen Stimme und räusperte sich. »Bin gleich da.«

»Beeil dich. Deine Eier werden kalt. Und ich muss auch mal ins Bad.«

»Ist gut.«

Tessa trocknete sich das Gesicht und versteckte den Schwangerschaftstest in der Tasche ihrer Jogginghose. Bloß keinen Verdacht wecken. Niemand durfte etwas erfahren. Sie musste nur schnell das Frühstück hinter sich bringen. Anschließend konnte sie sich in ihrem Zimmer in aller Ruhe in eine Panikattacke stürzen. Drei tiefe Atemzüge, dann band sie die feuchten Haare in einen Zopf und öffnete die Tür. Draußen stand ihre Mutter, noch in ihrem Kaschmirmorgenmantel aber dafür bereits mit Lidschatten und Perlensteckern in den Ohren. Man weiß ja nie, ob nicht überraschend die Nachbarn klingeln.

Mit den Armen in die Hüften gestemmt, versperrte sie den Weg und zog eine Augenbraue hoch.

»Was ist denn mit dir schon wieder los?«

»Nichts«, murmelte Tessa. »Bin nur müde.«

»Und deswegen blockierst du das Bad den halben Morgen?«

»Sorry.«

Tessa zwang sich ein Lächeln auf, umklammerte fest das Stück Plastik in der Hosentasche und schob sich vorbei. Als das Schloss hinter ihr klackte, rannte sie auf Zehenspitzen die Treppe hinauf in ihr Zimmer, direkt unter dem Dach. Sie öffnete die Tür einen Spalt und schleuderte den Test in einem Bogen auf den Klamottenberg neben der Staffelei. Dann schloss sie ab und ging mit vorsichtigen Schritten runter ins Esszimmer. Der Tisch war gedeckt. Der Bacon und die Eier glänzten im Sonnenlicht, an den Pancakes tropfte dicker Ahornsirup herunter und Dampf stieg aus Kaffeebechern. Von dem Geruch wurde Tessa schlecht. Keinen Bissen würde sie runterkriegen.

»Guten Morgen.«

Ihr Vater schaute vom langen Ende des Tisches auf. Er rückte sich die Lesebrille zurecht und blätterte weiter in der neuen Ausgabe des *Derry Telegraph*. Auf der anderen Seite nickte Linus, ohne aufzusehen. Ihr Bruder schaufelte mit einer Hand großzügig Bacon und Eier auf seinen Teller, vermutlich um vorzusorgen, bevor das nächste Se-

mester los ging und er sich im Wohnheim wieder wochenlang von zerkochten Nudeln mit Pesto ernähren würde.
Nicht, dass er nicht ausreichend Geld bekam. Er war einfach zu faul, um etwas Richtiges zu kochen.

Tessa murmelte eine Begrüßung und setzte sich mit
gesenktem Kopf zwischen die beiden. Sie musste nur ein
paar Minuten durchhalten, lange genug, um keinen Verdacht zu wecken. Wahllos stocherte sie auf dem Teller
herum. Da kam Atlas unter dem Tisch angerannt. Die
französische Bulldogge stolperte beinahe über seine eigenen Pfoten und rutschte das letzte Stück, bis er zwischen
Tessas Füßen sitzen blieb. Mit großen Augen und heraus-
hängender Zunge schaute der schwarze Frenchie zu ihr
hinauf, während ihm so viel Sabber aus der Schnauze
tropfte, als würde er ein halbes Brathähnchen erwarten. Er
wusste genau, dass er bei Tessa die besten Chancen hatte,
etwas zu bekommen. Sie streichelte ihm den Kopf und ließ
ein Stück Bacon fallen.

»Ich hab es euch doch gesagt.« Tessas Vater schnippte
gegen die Zeitung. »Andrew Coyle sagt seinen ange-
kündigten Ruhestand ab und kandidiert mit siebenund-
sechzig nochmal für den Bürgermeister.«

»Und?«, fragte Linus mit vollem Mund.

»Ein Vorbild, der Mann. In der Partei haben sie keinen
Ersatz für ihn gefunden, also macht er eine Ehrenrunde.«

»Wenn er Spaß dran hat.«

»Das ist keine Frage von Spaß, sondern von Verant-
wortung.«

Er machte eine Pause und schaute zu Tessa, als würde er ihre Meinung erwarten, aber sie rührte sich nicht.

»Was ist los, Tessi? Hast du keinen Hunger?«

Sie zuckte zusammen, als hätte er ihr einen nassen Waschlappen ins Gesicht geworfen.

»Nein, gerade nicht. Ich fühle mich nicht so gut.«

»Was hast du?«

»Schlecht geschlafen.«

Ihr Vater kniff die Augen zusammen. Die Falten auf seiner Stirn wurden tiefer und die runde Brille hob sich auf der breiten Nase ein Stück.

»Ja, du bist ein wenig blass. Sicher, dass es nur der Schlaf ist? Hast du noch andere Symptome?«

Er studierte ihr Gesicht nach Auffälligkeiten. Beim Versuch möglichst normal zu wirken, griff Tessa nach dem Kaffee vor ihr und stoppte mitten in der Luft. Durfte sie den jetzt noch trinken? Koffein war doch tabu, wenn man schwanger ist. Ihre Hand zitterte. Es waren keine fünfzehn Minuten seit dem Test vergangen und schon konnte sie in ihrem Leben nicht mehr machen, was sie wollte. War das jetzt der Anfang vom Ende?

Ihre Hand schwebte an der Tasse vorbei und griff das Glas Orangensaft.

»Du siehst wirklich ein bisschen fertig aus«, schnaufte Linus zwischen zwei Bacon Streifen. »Wehe, du steckst mich mit irgendeiner Krankheit an.«

»Es ist nichts«, zischte Tessa. »Außerdem würde das für dich keinen Unterschied machen. Du verbringst die Semesterferien eh nur beim Zocken.«

Tessa funkelte ihn an. Wahrscheinlich würde sie genauso jeden Tag bis zehn schlafen und nur in Jogginghose und Sweater rumlaufen, wenn sie Semesterferien hätte. Aber jetzt gerade nervte sie diese Art, wie er sorglos sein Frühstück in sich reinschaufelte. Für ihn war nicht gerade seine Welt zusammengebrochen.

Linus lachte. »Wenn man etwas Anspruchsvolles studiert, bleibt halt sonst nicht so viel Zeit für Spaß. Da muss man die Ferien richtig nutzen.«

»Blödsinn, als würdest du im Studium die ganze Zeit lernen. Ihr rennt doch auch nur auf Partys.«

»Schön wär's. So ein Jurastudium ist nicht so eine Spaßveranstaltung, wie bestimmte andere Fächer.«

Sie rollte mit den Augen. »Du bist nur eifersüchtig, weil ich mich traue, etwas zu machen, worauf ich wirklich Lust habe.«

»Hey, wer sagt denn, dass ich keine Lust drauf habe?«

»Klar, du brennst förmlich für dicke Gesetzbücher und endloslange Sätze, die man drei Mal lesen muss, bis man sie verstanden hat. Dein ganzes Leben hast du von nichts anderem geträumt.«

Er winkte ab und erstach mit der Gabel drei Pancakes.

»Mach, was du willst. Hauptsache du kommst am Ende nicht angerannt und musst bei mir auf dem Sofa unterkommen, weil du deine Stelle als Taxifahrerin verloren hast.«

Ihr Vater warf die Zeitung auf den Tisch.

»Müsst ihr mir mit diesem Thema das Frühstück verderben? Wir haben das doch geklärt. Tessa darf sich für das Studium eine Kunst-Uni aussuchen.«

»London«, ging sie dazwischen. Die Zusage an der Uni war ein Lottogewinn für Tessa. Endlich konnte sie in einer großen Stadt leben, in der es an allen Ecken an Kultur überquoll.

Ihr Vater schnaufte. »Das werden wir sehen. Und nur solange deine Noten ausgezeichnet sind, du zwischen den Semestern Praktika machst und an einem vernünftigen Plan für danach arbeitest.«

Tessa schluckte. Da war es wieder. Der Plan für danach hatte sich vor ein paar Minuten aufgelöst. Momentan konnte sie nicht weiter als bis zu ihrem Zimmer denken. Und wenn das Frühstück tatsächlich so weiter ging, würde sie nicht einmal das ohne durchzudrehen überstehen.

»Ich finde es unfair, dass ich keine Wahl hatte«, sagte Linus.

»Wenn du die gleichen Regeln willst, können wir gerne einen Blick auf deinen Notenspiegel werfen. Und dann überlege ich mir, ob ich die Kosten für dein nächstes Semester nicht gewinnbringender anlegen kann.«

»Ist ja gut, musst doch nicht gleich hysterisch werden. Ich hab schließlich das gemacht, was ihr vorgeschlagen habt.«

»Was ist hier denn für eine Stimmung aufgezogen?«

Tessas Mutter kam durch die Esszimmertür. Der Bademantel war einer Strickjacke gewichen und die Haare frisch geföhnt.

»Wir reden über Tessas Studienwahl«, sagte Linus.

»O Schätzchen, darüber wollte ich noch mal mit dir reden. Ich hab mir ein paar Gedanken dazu gemacht.«

Wieder schnaufte Tessas Vater. »Muss das jetzt sein?«

Tessa leerte das Glas Orangensaft in einem Zug und stand auf.

»Wisst ihr, ich würde wirklich gerne länger über meine furchtbaren Zukunftsaussichten diskutieren, aber ich muss mich fertig machen.«

»Klar, schon mal beim Jobcenter einen Termin holen. Sehr vernünftig«, sagte Linus.

»Im Gegensatz zu dir habe ich ein Sozialleben, dass außerhalb dieses Hauses stattfindet.«

»Wo willst du denn hin?«, fragte ihre Mutter.

»Ich … Ich treff mich nachher mit Ellie«, sagte Tessa.

Wenigstens hatte die Wut über ihren Bruder den Schock und die Übelkeit in den Hintergrund gedrängt. Tessa griff den letzten Pancake, stopfte ihn in den Mund und verschwand durch die Küchentür. Dann sprintete sie nach oben.

Ihr Zimmer sah schlimm aus. Nicht ganz so schlimm, wie Tessa sich fühlte, aber das wäre auch kaum möglich gewesen. Die geblümte Bettdecke und das ausgeleierte Guns 'n Roses Shirt lagen mitten im Raum, wo sie gelandet waren, als Tessa hektisch aus dem Bett gesprungen war. Die zwei Pflanzen auf der Fensterbank hingen verloren herum, genau wie die getragenen BHs auf der Kommode.

In der linken Ecke stand, seit Wochen unberührt, die Staffelei. Neben dem Bewerbungsstress hatte Tessa es nicht geschafft, weiter an dem kubistischen Porträt von Frida Kahlo zu arbeiten. Jetzt starrte sie von dort ein enttäuschtes halbes Gesicht an, während ein Pinsel auf der Mischpallette festtrocknete. Der Schreibtisch daneben war bedeckt mit einer Schicht Unizusagen, und obendrauf lag der Brief der *University of the Arts* in London. Das Stück Papier, auf das sie am meisten gehofft hatte. Gestern war ihr Leben nahezu perfekt gewesen. Der Widerstand ihrer Eltern bröckelte, sie hatte die Zusage und konnte sich im Herbst ihrem Traum widmen. Und jetzt lag mitten im Zimmer ein positiver Schwangerschaftstest. Sie starrte auf die zwei blauen Streifen. Jetzt wo ihr Leben endlich Gestalt annehmen konnte, drohte alles zu kentern.

Tessa ging am Schreibtisch vorbei, zog ihr Shirt aus und stellte sich vor die Spiegeltür am Kleiderschrank. Sie drehte sich immer wieder. Von vorne, von der Seite. Luftanhalten. Bauch einziehen. Bauch rausstrecken. Tessa seufzte. Im falschen Winkel sah es ein wenig aus, als hätte sie gerade eine komplette Packung Eis vernichtet.

# Dienstag

Ellie drehte den Schwangerschaftstest unter der Schreibtischlampe hin und her. Ihre welligen schwarzen Haare glänzten von dem Licht, während sie die silberne Brille zurechtrückte und sich eine Falte zwischen ihren dünnen Augenbrauen bildete. Am Anfang hatte es sie noch geekelt, dass ihre beste Freundin darauf gepinkelt hatte, aber mittlerweile hatte die Faszination gewonnen.

»Na sicher«, fauchte Tessa hinter ihr ins Handy. »Ich bring das Kind einfach in einem Pappkarton hinter dem Bahnhof zur Welt«.

Sie hämmerte mehrmals mit dem Daumen auf den roten Hörer und warf das Handy aufs Bett. Tessa nahm ein Blatt Papier vom Schreibtisch und strich auf der Liste mit den potenziellen Gynäkologie Praxen die nächste Nummer durch.

»Vielleicht solltest du einfach wieder zu deiner normalen Ärztin. Bevor du nichts findest und am Ende eh zu ihr musst«, sagte Ellie.

Sie kaute an ihrem Fingernagel. Als sie realisierte, was sie gerade in der Hand hatte, zuckte sie zusammen.

»Auf gar keinen Fall.« Tessa warf ihrer besten Freundin einen besorgten Blick zu. »Wenn sie meine Mutter das nächste Mal untersucht, fehlt nur ein kleiner Versprecher und alle wissen Bescheid. Sie schöpft wahrscheinlich eh schon Verdacht, dass irgendwas nicht stimmt.«

»Ich bin mir ziemlich sicher, dass es illegal ist, Patientengeheimnisse weiter zu erzählen.«

»Da kann ich mir ja richtig was von kaufen. Mein Leben ist zerstört, aber zumindest kriegt die Ärztin auch Probleme. Nein, danke.« Dann suchte sie die nächste Zeile auf ihrer Liste. »So, Dr. Miller. Zeit für gute Neuigkeiten.«

Es piepte drei Mal. Eine automatische Stimme setzte ein, die versicherte, dass gleich jemand da sein würde, gefolgt von einer Warteschlange, in der man das Beste genießen konnte, was die Welt der Fahrstuhlmusik zu bieten hatte.

»Hättest du dir auch damals schon überlegen können.« Ellie setzte sich im Schneidersitz aufs Bett. »Dass es vielleicht nicht so clever ist, zu einer Frauenärztin zu gehen, zu der auch deine Mutter geht.«

Tessa seufzte. »Wer weiß denn mit vierzehn, dass das mal ein Problem sein kann? Würde mich aber nicht wundern, wenn meine Mutter sowas schon im Kopf hatte. Bloß nicht die Kontrolle über irgendwas verlieren.«

»Mit etwas mehr Kontrolle müsstest du vielleicht nicht mit einem Kind an die Uni gehen.«

»Hey, hey. Ganz ruhig. Noch wissen wir nicht sicher, ob ich schwanger bin.«

»Ach bitte.«

Ellie zeigte auf die drei ebenfalls positiven Schwangerschaftstests, die auf dem Schreibtisch lagen. Tessa knurrte.

»Falls ich schwanger sein sollte, lassen meine Eltern mich damit sicher nicht an eine Kunst-Uni. Und London erst recht nicht.«

»Ich wette die Professoren, würden dich mit Einsen überhäufen vor Mitleid. Während du irgendwelche Skizzen zeichnest, sitzt im Kinderwagen neben dir das Baby. «

»Von Einsen kann ich leider die Studiengebühren nicht bezahlen. Und meine Eltern würden mir gar kein Studium mehr zutrauen. Die haben jetzt schon panische Angst, dass ich verwahrlose, weil ich Kunst machen will.«

»Eine gute Werbung für deine Zuverlässigkeit ist das wirklich nicht«, sagte Ellie und wedelte mit dem positiven Schwangerschaftstest.

»Das kann jedem passieren.«

Plötzlich knackte es im Handy. Die Musik verschwand.

»Gynäkologische Praxis Dr. Miller. Was kann ich für Sie tun?«, fragte die weibliche Stimme in rasendem Tempo.

Tessa fuhr zusammen. Sie zwäng sich ein schiefes Lächeln auf und versuchte, ihren Ärger über die letzten drei Praxen auszublenden.

»Hallo, ja, Tessa Walsh mein Name. Ich brauche dringend einen Termin. Ich habe seit einiger Zeit meine Tage nicht mehr und heute Morgen hatte ich einen positiven Schwangerschaftstest.«

»Unter diesen Umständen sollten Sie wirklich unbedingt vorbeikommen. Wie war der Name nochmal?«

»Tessa Walsh.«

Im Hintergrund klapperte die Tastatur.

»Sind Sie bereits bei uns in Behandlung?«

Tessas Herz sackte eine Etage tiefer.

»Nein, bisher nicht.«

»Oh, unsere Praxis ist leider voll ausgelastet.«

»Können Sie mich nicht irgendwo dazwischen quetschen? Bitte. Ich …« Sie kreuzte die Finger. »Ich hatte bisher keinen Frauenarzt.«

Stille. Tessa schielte schon mit einem Auge auf die nächste Praxis in ihrer Liste, aber dann räusperte sich die Frau auf der anderen Seite des Gesprächs.

»Wie alt sind Sie?«

»Achtzehn.«

»Ah ja.« Wieder klapperte im Hintergrund die Tastatur. »Wir haben morgen eine freie Lücke um halb zehn.«

»Oh, perfekt. Vielen Dank.«

Tessa schnaufte und ließ sich aufs Bett fallen.

# Mittwoch

Der übergroße Hoodie hing formlos an Tessa herunter. Eigentlich war er gedacht, um mit einer engen Leggins kombiniert zu werden. Aber momentan kam nur eine weite Jeans in Frage. Hauptsache niemand konnte einen zu genauen Blick auf ihren Bauch werfen.

Tessa schloss vorsichtig ihre Zimmertür und stieg auf Zehenspitzen die Treppe hinab. Aus der Küche polterte Geschirr. Ihre Mutter räumte den Tisch ab, ihr Vater und Linus diskutierten im Wohnzimmer über irgendwelche Paragraphen, die Linus offenbar nicht verstand. Tessa glitt auf Zehenspitzen durch den Flur. In die Ecke neben den Kleiderständer gedrängt, band sie ihre Schnürsenkel, dann griff sie ihre Tasche und schlich zur Haustür. Die verdammte Klinke knarrte. Schon hallten Schritte aus dem Wohnzimmer, als gäbe es hier eine Alarmanlage.

»Wo rennst du denn wieder hin?« Ihre Mutter streckte den Kopf in den Flur. In den Händen immer noch das Geschirrtuch und eine tropfende Tasse. »Willst du gar nichts essen?«

»Nein, kein Hunger. Ich treffe mich gleich mit Ellie.«

»Kannst du wenigstens Atlas mitnehmen?«

»Ich gehe heute Abend mit ihm. Versprochen.«

Tessa lächelte entschuldigend und griff nach der Türklinke. Ihre Mutter kam auf sie zu. Auf ihrer Stirn bildeten sich Falten.

»Jetzt warte doch. Du bist schon wieder so gehetzt. Die letzten Tage wirkt es, als wärst du ständig woanders. Mit dem Kopf meine ich. Als würdest du dich verstecken.«

»Keine Sorge, es ist nichts.«

»Ich weiß, dass die ganzen Diskussionen über dein Studium anstrengend und etwas emotional waren.«

»Muss das jetzt sein? Können wir da nicht später drüber reden?«

»Sicher. Ich wollte nur sagen, dass wir dich nicht bestrafen wollen.« Sie kam mit einem schmalen Lächeln auf Tessa zu. »Es geht uns nicht nur um Noten und deine Berufschancen. Wir machen das vor allem weil wir uns um dich sorgen. Ein Kunststudium mit den ganzen verrückten Leuten, das birgt einfach die Gefahr aus der Bahn zu geraten. Für jeden, nicht nur für dich. Es gibt viele Menschen, denen so etwas am Ende nicht guttut. Und du willst ja auch noch unbedingt in so eine große Stadt.«

»Ja, ich weiß.«

Wenn Tessa nicht so dringend dieses Gespräch beenden wollte, hätte sie genau jetzt einen Streit angefangen. Stattdessen zog sie die Augenbrauen zusammen und drehte sich zur Tür. Doch ihre Mutter hielt sie an der Schulter.

»Ich weiß, du denkst, wir haben ein furchtbares Bild von dir. Nur weil wir Bedingungen stellen, damit wir dich finanziell unterstützen, heißt das nicht, dass wir wirklich erwarten, dass du zu einer verantwortungslosen Hedonistin wirst. Ich bin ganz fest überzeugt, dass wir in ein paar Jahren über diese ganzen Diskussionen lachen.«

Tessa biss die Zähne aufeinander. In ein paar Jahren würde sie, wenn alles schief ging, mit einem kleinen Quälgeist hier sitzen und ihrem Leben hinterhertrauern.

»Ich habe es doch verstanden. Bis später.«

# Beim Arzt

Das Wartezimmer war für Tessas Geschmack zu schick. Wie Fotos auf der Website eines Innenarchitekten. Eine Sitzreihe aus beigen Lederpolstern formte einen Halbkreis um einen runden Tisch, auf dem ein Zen-Brunnen vor sich hinplätscherte. In den Ecken standen gut gepflegte Bambuspflanzen und aus den Lautsprechern schwebten Waldgeräusche.

An einem normalen Tag hätte sie sich gefreut, diesen Frauenarzt zu haben. Aber jetzt war das zu ordentlich. Diese Praxis war für Frauen in Halbmänteln mit Wollschal und ihre Männer in Pastellhemden gedacht, zu deren Glück nur noch ein paar genauso erfolgreiche Nachkommen fehlten. Eine ungewollt schwangere Achtzehnjährige war hier ein Fremdkörper.

Die Broschüre über Schwangerschaften aus dem Infoständer, die ihr offenbar weismachen wollte, dass Frauen nach der Entbindung geradezu strahlten, blätterte sie bereits das zweite Mal durch. Allerdings bewirkten die nur, dass Tessa einen Hass auf die Fotos entwickelte. Von einem großgedruckten Plakat von *Der Schrei* hätte sie sich deutlich besser verstanden gefühlt. Tessa steckte die Broschüre weg und harkte ein paar Minuten zwanghaft in dem Miniatur-Zengarten herum. Endlich wurde sie aufgerufen.

Sie folgte der Arzthelferin einen Gang entlang, vorbei an zwei kleinen Tischen mit Orchideen und durch eine Milchglastür in das Behandlungszimmer.

In dem großen Raum wartete ein weißer Sessel mit Beinstützen, daneben stand ein Designer-Schreibtisch, mit einem hauchdünnen Bildschirm darauf und abstrakten Landschaftsgemälden an der Wand dahinter. Auf der anderen Seite verdeckte ein beiger Vorhang die Umkleidekabine.

In Socken und OP-Hemd wartete Tessa, bis der Arzt kam. Ein rundlicher Mann mit vollen weißen Haaren und der ruhigen Ausstrahlung eines Großvaters, den nichts mehr erschüttern konnte. Nach ein paar Sätzen Small-Talk stellte er Tessa alle möglichen Fragen. Bekannte Erkrankungen und Probleme. Ihre Gesundheit in den letzten Wochen. Ihre Periode. Dann machte er die Ultraschallkamera bereit und Tessa setzte sich auf die überraschend bequeme Liege.

Zur Entspannung half das trotzdem nichts. Während der ganzen Untersuchung rammte sie die Fingernägel in die Armpolster. Es war unangenehm genug eine Kamera in ihrem Körper zu haben. Aber Tessa hoffte zusätzlich von ganzem Herzen, dass das ein Fehlalarm war. Die vier Schwangerschaftstests, die sie in dieser Woche gemacht hatte, konnten sich vielleicht irren. Ein Fehler in der Produktion. Tessa schloss die Augen und schickte stoßhafte Gebete an jede mögliche Gottheit, die ihr in den Sinn kam.

Nach ein paar zähen Sekunden nickte Dr. Miller und drehte den Bildschirm zu Tessa. Mit der freien Hand zeigte er auf das körnige Schwarzweißbild.

»Das ist ganz eindeutig. Sie sind schwanger.«

Tessa erstarrte. Wie ein Reh vor einem Lastwagenscheinwerfer starrte sie auf das Display. Nur, dass ihr zur Seite springen auch nicht mehr helfen konnte.

»Nach der Größe des Embryos und der Fruchthöhle zu urteilen und wenn man bedenkt, wie lange ihre letzte Periode zurückliegt, würde ich sagen die dreizehnte Schwangerschaftswoche. Noch sieht man von außen nicht viel, aber das kommt bald.«

Dr. Miller kreiste mit dem Stift um einen großen weißen Fleck, der die Form eines Kopfes hatte. Tessa ließ einen kurzen Schrei aus. Langsam setzte die Gewissheit ein. Der Arzt nickte wieder.

»Ja, mit etwas Fantasie erkennt man es. Manche Frauen merken sofort, dass etwas mit ihrem Körper ist, andere merken es, wie Sie, erst nach einigen Wochen. Das ist nicht ungewöhnlich. Jetzt haben Sie Gewissheit.«

»Fuck.« Tessa schlug auf die Lehne des Sessels und der Arzt wich ein Stück zurück.

»Entschuldigung. Es ist nur … ich …«

»Nein, nein. Keine Sorge. Ich weiß, das ist viel zu verarbeiten.«

Der Arzt entfernte die Kamera und rollte mit seinem Stuhl zurück zum Schreibtisch. Während Tessa sich wieder aufrecht hinsetzte, kramte er in den Schubladen und sammelte einen Haufen Blätter auf dem Tisch.

»Bei Frauen in Ihrem Alter ist es häufig der Fall, dass die Schwangerschaft ungeplant oder ungewollt kommt.«

Tessa schnaufte. »Ungewollt trifft es nicht ganz. Das ist eine Katastrophe.«

Er schaute sie mitleidig an. »Ich kann verstehen, dass Sie das in eine belastende Situation bringt, aber das muss keineswegs ein Weltuntergang sein. Es gibt verschiedene Möglichkeiten, mit einer Schwangerschaft umzugehen. Zum Beispiel schaffen es regelmäßig auch noch jüngere Frauen als Sie, mit der richtigen Unterstützung durch Familie oder Behörden so eine Situation zu meistern und trotz aller Sorgen eine glückliche Familie zu gründen. An einigen Universitäten gibt es zum Beispiel ganz ausgezeichnete Kinderbetreuungen, damit muss nicht mal die Ausbildung darunter leiden.«

Dr. Miller schob ihr über den Schreibtisch ein paar Informationsblätter zu. Tessa verzog das Gesicht und starrte zwischen ihm und den ganzen Nummern der Beratungsstellen hin und her. Als würde man aus einem Flugzeug springen und jemand reicht einem noch schnell ein Foto von einem Fallschirm.

Dann seufzte der Arzt. »Und sonst ist natürlich eine Adoption auch eine Möglichkeit. So eine Entscheidung erfordert allerdings gründliche Überlegung und darf nicht leichtfertig getroffen werden. Damit können Sie nach der Schwangerschaft quasi ihr Leben wie geplant fortführen.«

»Klar, als wäre nichts gewesen. Vielleicht merkt ja niemand, wie mein Bauch zur Kugel wird.«

Er schaute auf seine Infoblätter und zurück auf das Ultraschallbild. »Nur ein Schwangerschaftsabbruch stellt für sie keine Option mehr dar.«

Tessa lehnte sich nach vorne. »Wie?«

»Dazu sind Sie zu spät dran. Bei uns erlaubt das Gesetz so einen Eingriff nur bis zur zwölften Woche. Das Zeitfenster haben Sie verpasst.«

»Bei uns?«, fragte Tessa. »Sie meinen?«

»Ja. Die Regelungen unterscheiden sich überall auf der Welt. Hier in Nordirland sind die Gesetze strenger. In England ist ein Schwangerschaftsabbruch zum Beispiel sogar bis zur vierundzwanzigsten Woche erlaubt. Das wäre theoretisch natürlich eine Möglichkeit. Allerdings sollten Sie keine übereilten Entscheidungen fällen.«

Tessa nickte. Der Arzt redete weiter, aber seine Stimme kam nur noch dumpf an. Sie war in einen Tunnel abgetaucht, in dem nur zählte, wie sie ihren Eltern eine Geschichte auftischen könnte, mit der sie nach England konnte. Sie hatte sich in den letzten Tagen nicht gerade unverdächtig verhalten. Jetzt ein spontaner Ausflug in ein anderes Land und ihre Eltern würden ihre schlimmsten Befürchtungen in Erfüllung sehen.

Tessa kaute auf ihrer Wange, da schob der Arzt die Broschüren gegen ihren Arm und legte das Ultraschallbild und den Arztbericht obendrauf.

27

»Gehen Sie nach Hause und verarbeiten Sie das Ganze in Ruhe. Dann sieht das meistens schon viel weniger bedrohlich aus. Reden Sie mit ihrer Familie darüber. Rufen Sie eine der Beratungsstellen an. Die Leute dort sind wirklich bestens geschult und haben vielen Frauen in ähnlichen Situationen geholfen.« Er stand auf und ging zur Tür des Sprechzimmers. »Und wenn es Probleme gibt, melden Sie sich bitte sofort. Ansonsten sehen wir uns in vier Wochen wieder. An der Rezeption kriegen Sie einen neuen Termin. Bis zum nächsten Mal.«

So langsam wie nie zuvor in ihrem Leben, zog Tessa sich um. Mit dem Papierstapel im Arm schlich sie zurück zum Tresen. Alles in ihr sträubte sich. Sie konnte sich keine Welt vorstellen, in der sie tatsächlich in vier Wochen hier wieder herkam und ein Kind erwartete. Die Arzthelferin lächelte ihr zu. Tessa lächelte zurück und verließ ohne ein weiteres Wort die Praxis.

# Zwei Stunden später

Ellie saugte mit aller Kraft, um auch die letzten Reste aus ihrem Milchshake durch den Strohhalm zu zwängen. Es ratterte in ihrem Plastikbecher. Immer lauter, bis sie zu doll zog, sich verschluckte und in einen Hustenanfall ausbrach, bei dem ihr die Brille fast von der Nase rutschte.

Am Tisch rechts neben ihnen kicherten ein paar junge Mädchen, während eine Frau mit Pixie-Schnitt und prall-gefüllten Shopping-Tüten Ellie erschüttert anstarrte. Anscheinend hatte sie im Food Court eines Einkaufszentrums ein höheres Niveau erwartet.

Tessa kramte ihr letztes halbwegs trockenes Taschentuch heraus und schnäuzte sich demonstrativ laut die Nase. Bei dem Geräusch wandte die Frau sich erschrocken ab und kramte aus ihrer Handtasche ein Desinfektionsmittel. Ein flüchtiges Lächeln zog über Tessas Gesicht, dann legte sie den Kopf auf den Tisch und seufzte.

Ihr letzter Heulanfall lag zwar bereits eine halbe Stunde zurück, trotzdem lief es ihr immer noch aus der Nase wie in der schlimmsten Pollenzeit. Wenigstens war seit dem letzten Weinen das Panikgefühl verschwunden und hatte den Weg frei gemacht für einen gleichmäßigen Anstrich aus Hoffnungslosigkeit.

Ellie stellte ihren leeren Becher neben den vollen vor Tessa.

»Tut mir leid. Ich habe wirklich gedacht, was Süßes hilft, deine Stimmung zu verbessern.«

»Heute nicht. Ich will nur noch ins Bett.«

»Das geht leider nicht. So wie du aussiehst, kannst du nicht nach Hause. Deine Nase ist komplett rot und deine Augen sind aufgequollen. Wenn deine Eltern dich jetzt so sehen, wissen sie sofort, dass irgendwas nicht stimmt.«

»Das macht keinen Unterschied, sie werden es sowieso rausbekommen. Egal, was ich mache.« Tessa tippte mit dem Finger auf die Broschüren, die sie auf dem klebrigen Tisch ausgebreitet hatte. »Jede dieser Lösungen beinhaltet, dass meine Eltern etwas davon mitbekommen. Wenn ich das Kind kriege und es abgebe, kriegen sie es mit. Wenn ich ihnen davon erzähle und sie mich für die Abtreibung nach England bringen, wissen sie es auch. Und selbst wenn ich irgendwie eine glaubhafte Ausrede finde, weshalb ich alleine nach England muss, wird mir nicht schnell genug etwas einfallen, bevor der Bauch sichtbar wird. Und dann heißt es Tschüss London und Willkommen Jura in Belfast. Wenn sie mich überhaupt noch irgendwo anders studieren lassen. Wahrscheinlich werde ich die nächsten Jahre eher in meinem Dachboden hocken und in Derry versauern.«

»Deswegen müssen sie es ja nicht direkt heute erfahren. Streit ist das Letzte, was du jetzt brauchst. Besonders wenn du selbst noch nicht weißt, wie du damit umgehen willst. Du solltest das erst entscheiden, wenn du dich beruhigt hast.«

Tessa schniefte und rieb sich die Augen, die davon einen Schatten röter wurden. »Ich sollte es einfach meinen Eltern sagen. Dann fährt meine Mutter mit mir nach England und die ganze Geschichte ist gegessen.«

»Keine Chance. Freundinnen lassen einander keine unüberlegten Entscheidungen treffen, wenn sie emotional verwundbar sind.«

Tessa seufzte. »Vielleicht ergebe ich mich einfach meinen Eltern und studiere auch Jura. Wer weiß, wenn ich damit durch bin und ich ein paar Jahre gearbeitet habe, kann ich vielleicht nochmal neu mit Kunst anfangen.«

»Jetzt ist aber genug.« Ellie stand auf, hakte sich an Tessas Arm ein und zog sie hoch. »Du brauchst Bewegung. Na los, wir gehen eine Runde. Und wenn es dir etwas besser geht, bring ich dich nach Hause. Zur Not lenke ich deine Eltern ab, damit du in dein Zimmer flüchten kannst. Da entspannst du dich und morgen früh komm ich direkt vorbei.«

Vom Shopping-Center aus gingen sie an der Foyle entlang, bis zum Ende der Innenstadt, und von dort durch ein Labyrinth an Nebenstraßen voller Häuser mit akkurat gemähten grünen Gärten. Tessa hatte sich auf der Hälfte der Strecke tatsächlich etwas beruhigt. Ihre Augen waren wieder klar und ihre Stimme war nur ein kleines bisschen nasal. Sie musste sogar lachen, als Ellie ihr von ihrem Plan erzählte, Tessa zur Not als Babysitterin zur Verfügung zu stehen, auch wenn sich ihre Kochkünste bisher auf Fertigessen beschränkten.

Vorsichtig schob Tessa die Haustür auf und machte auf Zehenspitzen ein paar Schritte in den Flur. Die zarte Hoffnung, dass vielleicht niemand zu Hause war, glomm in ihr auf. Leider war das Gegenteil der Fall. Sobald sie und Ellie sich die Schuhe ausgezogen hatten, raschelte es aus dem Wohnzimmer und ihre Eltern schossen um die Ecke, als hätten sie gewartet.

»Ah, wie gut, dass wir dich sehen. Wir wollten mit dir reden.«

»Hallo Mrs. Walsh«, sagte Ellie und winkte flüchtig.

»Hallo Liebes. Schön, dich zu sehen. Hol dir gerne was zu trinken, während wir uns mit Tessa unterhalten.«

Tessa stöhnte. »Muss das jetzt sein? Wir wollten uns kurz ausruhen, wir sind den ganzen Morgen unterwegs gewesen.«

Ihre Mutter verzog das Gesicht. »Die paar Minuten muss das warten.«

Ellie ging zur Küche und zuckte entschuldigend mit den Schultern.

»Was gibt es denn?«, fragte Tessa.

»Wir haben uns noch ein paar Gedanken über dein Studium gemacht. Die letzte Zeit hat das Thema ein wenig am Haussegen gerüttelt. Aber wir wollen natürlich, dass wir alle ein gutes Gefühl haben.« Tessas Vater nickte zustimmend. »Schließlich sehen wir dich dann ja auch seltener und wollen dich gut aufgehoben wissen. Deswegen haben dein Vater und ich beschlossen, für ein paar

Tage nach London zu fahren und uns die Universität einmal persönlich anzuschauen. Wo du doch so viel davon geschwärmt hast. So können wir wahrscheinlich besser verstehen, was du daran findest und vielleicht ein paar unserer Bedenken beseitigen.«

Tessa zuckte mit den Schultern. Was machte das für einen Unterschied. Eigentlich könnte sie ihnen direkt sagen, dass das völlig unnötig war. Der Haussegen würde in ein paar Tagen nicht schief hängen, sondern in sich zusammenstürzen. Da könnten sie auch einfach alle gemeinsam nach London fahren und stattdessen eine Abtreibungsklinik besuchen. Was für ein schöner Ausflug.

Bevor sie etwas sagen konnte, legte sich in ihrem Kopf ein Schalter um. Tessa lächelte. Es hatte etwas gedauert, bis sie die Information richtig eingeordnet hatte.

»Wenn euch das hilft, macht das gerne.«

Ihr Vater nickte. »Das hoffen wir ja.«

»Und wann wollt ihr dahinfahren? Je früher, desto besser würde ich ja sagen.«

»Wir dachten direkt an dieses Wochenende.«

Tessas Lächeln wurde ein Stück breiter. »Eine gute Idee. Das wird uns sicher weiterbringen.«

# Immer noch Mittwoch

Tessa warf sich mit ihrem Laptop aufs Bett. Das verfluchte Ding, auf der Rückseite zugeklebt mit Stickern von Frida Kahlo, Dali und Van Gogh, brauchte Ewigkeiten zum Starten. *Wird hochgefahren* stand auf dem Bildschirm, was wohl Sarkasmus sein musste, weil sich unter einem endlos drehenden Kreis absolut nichts tat, außer dass er die Lautstärke eines Staubsaugers erreichte. Das konnte Tessas Lächeln aber gerade nichts anhaben. Sie hatte das Gefühl, alle Zeit der Welt zu haben.

Ellie setzte sich daneben und schaute sie mit hochgezogenen Augenbrauen an.

»Was ist denn jetzt los?«

»Hast du nicht zugehört? Meine Eltern sind das ganze nächste Wochenende nicht da.«

»Und?«

»Ist doch klar. Ich werde nach England fahren und niemand wird etwas bemerken.«

»Nächstes Wochenende schon?«

»Das ist die einzige Chance. Das Universum hat mir einen Ausweg gegeben. Oder vielleicht das Schicksal. Such dir was aus.«

»Kann man eine Abtreibung denn so spontan organisieren?«

»Das werden wir gleich wissen.«

Während der Steinzeit-Computer weiter hochfuhr und dabei anfing laut zu summen, nahm Tessa ihre Tasche und kippte die Broschüren und Unterlagen vom Arzt aus. Sie schob die Zettel der Schwangerschaftsberatung und der Kirche beiseite, genau wie ihren Untersuchungsbefund. Nur bei dem schwarz-weißen Ultraschallbild stockte sie. Einen Moment schaute sie auf den winzigen weißen Fleck in dem schwarzen See und dann auf ihren Bauch. Irgendwo da drin nahm der Körper in diesem Moment weiter Form an. Jede Minute ein paar winzige Mikrometer.

Schließlich warf sie auch das Bild zur Seite und fand ein paar Zettel später, was sie eigentlich suchte. Das Infoblatt zu den gesetzlichen Regelungen für Schwangerschaftsabbrüche.

Tessa überflog die Voraussetzungen für einen Abbruch, die verschiedenen Verfahren und schließlich die Kosten. Das Wichtigste war erstmal, eine Klinik zu finden. Für alles andere war später noch Zeit. Über zwei Links kam sie von der nordirischen Behörde auf eine Seite mit Informationen für England und von dort zu einer Karte mit den Kliniken.

»Na bitte, also suchen wir mir mal einen Termin.«

»Und wo willst du hin?«, fragte Ellie.

»Völlig egal. Ich gehe die einfach alle durch. Hauptsache es gibt was dieses Wochenende, selbst wenn ich dafür bis nach Coventry muss.«

Ellie tippte mit dem Finger auf das Display. Ganz England war mit einzelnen roten Punkten übersät. Nur um die großen Städte häuften sie sich.

»In London findest du bestimmt etwas.«

»Auf keinen Fall. Das Risiko ist viel zu groß. Stell dir vor, ich würde da zufällig meine Eltern treffen. Es muss irgendwo anders sein.«

Tessa scrollte durch die Namen und wählte mittendrin eine zufällige Nummer aus.

»Behalt die Tür im Auge«, sagte sie zu Ellie, während ihr Daumen bereits über dem grünen Hörer schwebte. »Wenn jemand reinkommt, wirf dich zur Not davor.«

Die Arzthelferinnen in den ersten drei Kliniken waren freundlich und nett, aber sie konnten ihr nur Termine direkt nach dem Wochenende anbieten. Vermutlich war sie nicht die Einzige, die extra nach England kam und den Trip lieber vor der Schule, Arbeit oder Familie geheim hielt. Zumindest schien es die Arzthelferinnen nicht zu überraschen, dass Tessa auf einen bestimmten Tag bestand. Beim vierten Telefonat klappte es endlich und sie kriegte ihren Termin. Nach fünf Minuten Gespräch, in denen sie ein halbes Blatt mit Notizen vollkritzelte, küsste Tessa ihr Handy schließlich und warf es aufs Bett.

»Ha, nächsten Samstag um halb zehn ist das alles vorbei.«

»Und wo geht es hin?«

Tessa schielte noch einmal auf das Notebook, wo der Browser die Klinik anzeigte.

»Ehm, Liverpool.«

»Etwas näheres konntest du nicht finden?«

»So wild ist das nicht. Wir sind mit dem Flugzeug in knapp einer Stunde da.«

»Wir?«

»Du kommst mit, oder? Ich kann das nicht alleine machen. Das wird emotional super anstrengend. Ganz abgesehen von dem körperlichen Stress. Das halt ich alleine nicht aus.«

»Auf gar keinen Fall.«

Ellie ging einen Schritt zurück. Mit ihrem Gesicht hätte man Werbung für Brechmittel machen können.

»Bitte, nur das eine Mal.«

Ellie schüttelte heftig den Kopf. Tessa kannte die Geschichte nur aus Erzählungen, aber anscheinend war die sechsjährige Ellie in Tränen ausgebrochen, als auf dem Weg nach Spanien das Flugzeug in einem Luftloch ein paar Meter absackte und von beiden Seiten ein Schwall aus Erdnüssen, Tomatensaft und Bier über sie hereinbrach. Seitdem hatte sich ihre Flugangst über die Jahre nur gesteigert. Den Höhepunkt hatte sie erreicht, als Ellie vergeblich versucht hatte den ganzen Jahrgang von einer Abschlussreise in Irland zu überzeugen, obwohl der Flug ans Mittelmeer sogar günstiger war.

»Ich glaube nicht, dass du mich dafür brauchst. Das ist bestimmt eine Sache von ein paar Minuten.«

»Von wegen.«

Tessa zog ihren Notizzettel hervor und zeigte auf den letzten Punkt.

»Nach der Behandlung nicht am Straßenverkehr teilnehmen«, las sie ab. »Ich werde betäubt, weil bei mir so eine Pille nicht mehr ausreicht. Ich bin schon zu weit. Die machen da einen richtigen Eingriff, mit Absaugen.« Tessa machte eine Bewegung, als würde sie sich in den Bauch stechen und Ellie zuckte zusammen. »Natürlich muss danach jemand auf mich aufpassen. Wer soll das denn außer dir machen?«

»Du nimmst doch gar nicht am Straßenverkehr teil. Du hast nicht mal einen Führerschein. Du ruhst dich etwas aus und danach fährst du mit dem Bus zum Flughafen.«

»Und was, wenn etwas schief geht? Was wenn mir von der Betäubung der Kreislauf zusammenbricht?«

»Da wird schon nichts passieren.«

Tessa schnaufte. Sie ging ein paar Schritte auf Ellie zu, die zurückwich, bis sie gegen das Fensterbrett stieß.

»Und wenn doch? Es muss mich ja jemand zur Sicherheit begleiten. Wenn mir alleine etwas passiert, ruft das Krankenhaus doch auf jeden Fall meine Eltern an. Und dann war die ganze Heimlichtuerei völlig umsonst.«

Das war zwar ziemlich unwahrscheinlich, aber das Bild wie kurz vor dem Ziel ein Krankenhaus ihre Eltern anrief und doch noch alles herauskam, ließ Tessas Haut unangenehm jucken.

»Ich bin ja wirklich gerne für dich da«, sagte Ellie. »Aber ich setze mich in kein Flugzeug. Und du willst das sicher auch nicht, wenn ich da drin eine Panikattacke kriege.«

Tessa kaute auf ihrer Unterlippe. Sie brauchte eine Begleitung. Dabei ging es gar nicht unbedingt darum, dass jemand aufpassen sollte. Sie hatte einfach Angst. Davor, wie sie sich fühlen würde. Alleine in einem der vielleicht schlimmsten Momente ihres Lebens. Nur war Ellies Angst vor dem Fliegen nicht weniger schwerwiegend. Tessa ließ die Schultern hängen und setzte sich aufs Bett. Es wäre egoistisch, sie dazu zu drängen.

»Was, wenn wir nicht fliegen? Kommst du dann mit?«

»Wie? Das dauert eine Ewigkeit bis nach Liverpool.«

Tessa tippte ein paar Sekunden auf ihrem Handy herum. Sie zeigte Ellie die Route auf dem Handy.

»Wir bräuchten ungefähr zehn Stunden. Wir fahren mit dem Bus nach Belfast, nehmen abends die Fähre direkt nach Liverpool und sind morgens da. Das wird ganz entspannt. In unserer eigenen Kabine, in einem schwimmenden Hotel. Wir wollten doch immer zusammen wegfahren.«

»Ich weiß nicht.« Ellie schnaufte. In ihrem Gesicht spiegelte sich der Kampf zwischen Flugangst und dem Gedanken an zehn Stunden Schifffahrt.

»Komm schon.« Tessa schob die Unterlippe vor und machte ein trauriges Gesicht. »Oder willst du etwa, dass ich das Kind kriege? Darauf läuft es nämlich sonst hinaus.«

Ellie rollte mit den Augen. »Ist ja gut. Ich komme mit.«

Tessa sprang vom Bett auf und umarmte sie so heftig, dass sie beinahe umfielen.

»Vielen, vielen Dank. Mach dir keine Sorgen ich organisiere das alles. So aufwendig ist das nicht.«

Tessa reichte ihr den Zettel mit den Notizen, die sie beim Telefonat mitgeschrieben hatte. Ellie wanderte mit dem Finger die Liste ab. »Und was ist das hier? Sechshundert Pfund?«

Die Zahl stach in riesiger Schrift und doppelt unterstrichen aus den restlichen Notizen hervor.

»Das krieg ich schon hin.«

»Zahlt das nicht die Krankenkasse? Wofür gibt's denn sowas?«

»Theoretisch, aber dafür müssten sie mit meinem Hausarzt sprechen und klären, ob ich finanziell unterstützt werden kann. Da werden eine Menge Unterlagen und Briefe verschickt. Ich würde eine Bestätigung kriegen. Der Hausarzt, zu dem meine ganze Familie geht, wüsste Bescheid. Genauso wie seine Arzthelfer. Das ist alles zu riskant. Nur wenn ich selbst bezahle, gibt es keine Spur.«

»Und wo soll das Geld dann herkommen? Die Tickets für die Fähre müssen wir auch bezahlen.«

»Ich habe ein bisschen was gespart. Und ich werde Jamie besuchen. Der hat sicher auch Interesse daran, dass er nicht in ein paar Monaten Vater wird.«

# Freitag

»Ich will im Haus keinen Saustall haben, wenn wir wieder kommen.«

Tessas Mutter fuhr das Beifahrerfenster nach unten, während ihr Vater den Rückspiegel einstellte.

Tessa nickte. »Auf keinen Fall.«

»Vergesst nicht, die Calathea zu gießen. Das Wasser muss aber vorher durch den Kalkfilter.«

»Kalkfilter, alles klar«, antwortete Tessa.

»Die wichtigen Nummern sind alle am Kühlschrank. Tierarzt, Klempner und der Giftnotfalldienst.«

»Wir sind keine zehn mehr. Wir werden schon kein Waschmittel trinken.«

»Wenn etwas ist, habt ihr eure Notfallkreditkarten.«

»Wissen wir. Viel Spaß euch«, sagte Linus und legte den Arm um Tessa. »Wir haben alles im Griff.«

Ihre Mutter schaute zwischen dem Haus und den beiden hin und her. Als ihr nichts mehr einfiel, fuhr sie das Fenster wieder hoch und winkte.

Tessa und ihr Bruder winkten zurück, bis das schwarze Auto um die Ecke gebogen war. Linus löste seinen Arm.

»Mach dich nicht zu breit im Haus. In ein paar Stunden kommen Freunde. Wir brauchen das Wohnzimmer.«

»Was habt ihr vor?«

»Chillen. Videospiele. Ein bisschen was trinken.«

»Klingt faszinierend. Schade, dass ich das verpasse. Ich werde das Wochenende über nicht da sein.«

Tessa hatte sich eine Auswahl an möglichen Ausreden für ihren Bruder überlegt, je nachdem wie ihr Gespräch verlief. Der zuckte allerdings nur mit den Schultern. Mehr als ein knappes »Auch gut« konnte ihm diese Neuigkeit nicht entlocken. Die niedrigste Hürde für das Wochenende hatte sie geschafft. Hoffentlich würde der Rest ähnlich einfach laufen.

Tessa stieg auf ihr mintgrünes Hollandrad. Bis zu Jamie dauerte es zehn Minuten. Durch ein paar ruhige Straßen, in denen Häuser mit mindestens zwei Autos in der Auffahrt von perfekt getrimmten Hecken und schweren Eisentoren umzäunt wurden, fuhr sie bis zur West Lake Street. Tessa war alles andere als arm aufgewachsen, aber in diesem Teil von Derry waren die Gärten grüner und die Zäune eine ganze Spur höher. Sie hielt vor einem verschnörkelten schwarzen Tor und drückte auf die Gegensprechanlage. Nach einem kurzen Summen ging sie den Kiesweg entlang, vorbei an einer Vogeltränke und einem Rosenbusch. Die weinroten Blüten waren ein ganzes Stück gewachsen, seit sie das letzte Mal hier gewesen war.

Der Reiz, Jamie zu sehen, war einfach nicht mehr da gewesen. Das magnetische Ziehen, dass Tessa am Anfang zu ihm gespürt hatte, war mit jedem Besuch etwas weniger geworden. Noch vor ein paar Wochen konnte sie nicht anders. Sie musste jeden Zentimeter von ihm berühren. Wie eine Droge hatte sie seinen Geruch inhaliert, wenn er neben ihr lag. Mittlerweile fragte Tessa sich, ob dafür mehr die Aufregung und Neugier verantwortlich gewesen waren als echte Zuneigung. Jamie sah natürlich immer noch aus wie eine lebendig gewordene David-Statue. Aber mehr war da nicht. Er glänzte durch seine blonden Locken und seinen Körperbau, nicht durch seine komplexen Emotionen oder seine interessanten Gedankengänge. Auch sonst führte er einen Lebensstil, mit dem Tessa nicht viel anfangen konnte. Sie interessierte sich für Kunst und Design. Seine Welt drehte sich vor allem um sportliche Wettkämpfe und den endlosen Drang, den Ansprüchen seiner Eltern gerecht zu werden. Ein Ziel, das Tessa von ganzem Herzen zuwider war. Im Grunde war er das komplette Gegenteil von ihr. Weshalb sich den Sommer über zwischen ihnen auch nichts Ernsthafteres entwickelt hatte. Es war nur bei dem Aufeinanderprallen geblieben, wenn die Hormone überhandnahmen. Was am Anfang oft genug vorgekommen war.

Bei der Erinnerung, an das erste Mal als es gefunkt hatte, glühte Tessa der Kopf. Während der ganze Jahrgang unten im Wohnzimmer den Sieg des Rugbyteams gefeiert hatte, waren sie heimlich die Treppe hinauf in Jamies Zimmer verschwunden und hatten dort den halben Abend verbracht. Sie schob das Bild beiseite und kniff sich in den Arm. Genau da hatte der ganze Ärger doch angefangen.

Die Haustür stand bereits einen Spalt weit offen. Tessa klopfte trotzdem aus reiner Höflichkeit und Jamie tauchte hinter der Tür auf.

»Hey.« Er schaute an Tessa herunter, die wie immer in letzter Zeit einen breiten Sweater trug, und dann über seine Schulter in den Flur. »Komm rein«, flüsterte er.

Jamies Gesichtsausdruck ließ keine Zweifel, dass er diesen Besuch bestenfalls als unangenehm empfand. Aber das konnte Tessa ihm nicht übelnehmen. Auch wenn seine Fixierung auf die Anerkennung seiner Eltern sie bisher immer genervt hatte, war sie heute endlich nützlich. Denn Jamie hatte ähnlich viel Angst davor, dass die Schwangerschaft rauskam, wie Tessa. Weshalb sie ihm ohne Bedenken davon erzählt und das Geld eingefordert hatte.

Sie standen sich im Flur gegenüber. Keiner von beiden wusste, was genau sie sagen sollten. Was kann man in so einer Situation auch sagen. Der große muskulöse Typ vor ihr wirkte plötzlich wieder unsicher wie ein Kind. Tessa hoffte inständig, dass sie nicht auch so wirkte.

»Sind deine Eltern da?«, fragte sie.

»Keine Sorge. Sie wissen von nichts. Aber wir gehen am besten direkt in mein Zimmer.«

»Klar, das ist ja gar nicht verdächtig«, flüsterte Tessa, während sie ihm folgte.

Der Flur war lang, auf der linken Seite kam nach ein paar Schritten die Treppe in das obere Stockwerk und auf der anderen Seite war der große Durchgang zum Wohnzimmer, durch den man bis auf die Terrasse schauen konnte. Die beiden schafften es unbemerkt bis zur Treppe, dann rief Jamies Mutter aus dem Wohnzimmer.

»Wer war denn an der Tür?«

»Tessa war gerade in der Gegend und wollte Hallo sagen«, sagte Jamie kaum hörbar und nahm bereits die erste Stufe.

Tessa rollte mit den Augen. Verdächtiger wäre wohl nur gewesen, wenn sie an der Dachrinne hineingeklettert wäre. Sie blieb im Durchgang zum Wohnzimmer stehen und winkte.

»Hey, Mrs. Campbell.«

»Schön, dich zu sehen«, antwortete sie. »Bleibst du zum Essen?«

»Leider keine Zeit, vielleicht beim nächsten Mal. Ich habe Jamie ein Buch geliehen. Es hat ihm leider nicht gefallen, deshalb hole ich es jetzt wieder ab.«

»Na, das hätte ich dir auch so sagen können. Ich habe in der dritten Klasse endgültig aufgegeben, ihm Bücher vorzusetzen.«

»Sehr witzig, Mum«, rief Jamie von der Treppe.

Tessa grinste, doch bevor sie antworten konnte, zog er bereits an ihrer Hand. Sein Zimmer war eine Mischung aus Trophäenschrein und Designermöbeln. Das Bett, die Kommode und der Kleiderschrank auf der linken Seite waren alle aus dunklem Holz und passten genau zu dem gelben Teppichvorleger und den Gardinen, während auf der anderen Seite seine Pokale standen, umgeben von Postern verschiedener Mannschaften. Tessa setzte sich aufs Bett, während Jamie auf seinem Schreibtisch wühlte.

»Hier.« Er reichte ihr einen Briefumschlag. »Ich hatte ein bisschen was in Bar und hab etwas abgehoben, aber mehr war nicht drin, ohne dass es aufgefallen wäre.«

Tessa öffnete den Umschlag und zog ein paar Scheine raus. Insgesamt zweihundert Pfund. Sie schaute ihn ein paar Sekunden an, um sicherzugehen, dass das kein fehlplatzierter Witz war. Aber Jamie rührte sich nicht.

Die Behandlung plus die Tickets für die Fähre ergaben zusammen knapp achthundert. Für die eine Hälfte hatte sie ihr Konto geplündert, weshalb es jetzt erschreckend leer war. Den Rest wollte sie von Jamie haben. Ganz abgesehen davon, dass das einfach fair war, konnte sie selbst auch nicht einfach all ihre Ersparnisse aufbrauchen, ohne dass es auffallen würde. Ausgerechnet jetzt musste Jamie also knauserig werden. Dabei hatte er bei ihren ersten Treffen immer darauf bestanden, sie einzuladen. Tessa steckte das Geld wieder zurück und ging auf ihn zu. Sie schlug ihm mit dem Umschlag gegen den Kopf.

»Was stimmt denn nicht mit dir? Glaubst du, ich kann in der Klinik verhandeln wie bei einem Autohändler?«

Jamie wich einen Schritt zurück und stieß gegen den Schreibtisch. »Was soll ich denn machen? Wenn meine Eltern den Kontoauszug sehen, fällt das auf, wenn ich so viel Geld auf einmal abgehoben hab.«

»Dann lass dir gefälligst etwas einfallen. Lüg sie an, was weiß ich.« Sie fasste sich an den Bauch. »Die Alternative kostet nämlich deutlich mehr.«

Jamie verzog das Gesicht. Er zwängte sich, so dicht es ging, am Schreibtisch entlang und vorbei an Tessa.

»Woher weiß ich denn, dass es wirklich so viel kostet? Wird sowas nicht von der Krankenkasse übernommen?«

Tessa ging einen Schritt auf ihn zu. »Willst du etwa behaupten, dass ich dich bestehlen will?«

»Sag du es mir.«

Sie schnaubte. »So eine Frechheit.«

Auf ihrem Handy öffnete sie die Internetseite der Klinik, mit samt den Kosten und hielt Jamie das Display vor die Nase.

Er wich wieder einen Schritt zurück. »Ist ja gut. Du hast die Wahrheit gesagt.«

Tessa folgte ihm, bis sie wieder dicht vor ihm stand. »Soll ich lieber runtergehen? Vielleicht kann deine Mutter mir ja einfach das restliche Geld für die Behandlung geben.«

Sie deutete an auf die Tür zuzugehen, aber das reichte schon. Jamie drängte sich dazwischen.

»Das würdest du nicht machen.«

Tessa streichelte ihm über die Wange. »Kennst du mich so schlecht? Wenn ich den Termin verpasse, war es das. Keine Chance mehr, es geheim zu halten. Dann nehme ich halt das Risiko in Kauf, dass deine Mutter es weiß. Lieber deine Eltern als meine.«

Jamie schluckte. Er schaute zwischen der Zimmertür und Tessa hin und her.

»Ok, ok. Mir fällt schon was ein. Bis wann brauchst du es?«

»So ungefähr in der nächsten Stunde.«

»O Gott.« Er ließ die Schultern hängen und öffnete die Tür. »Lass uns einfach zur Bank gehen.«

# Freitag 12:10

Tessa fuhr auf dem Rückweg so schnell es ihr sperriges Fahrrad und ihr untrainierter Körper hergaben. Das Ziehen in der linken Seite ignorierte sie und konzentrierte sich voll auf das Treten, wobei sie über zwei rote Ampeln abkürzte und einem brüllenden Fußgänger ausweichen musste.

Wegen Jamies Gequengel war sie knapp eine Stunde später dran als geplant. Ellie wartete vermutlich bereits bei ihr zuhause und in zwei Stunden ging der Bus nach Belfast. Aber wenigstens hatte sie die vierhundert Pfund in der Tasche. Es war nicht mehr alles nur ein Hoffnungsschimmer, an den sie sich klammerte. Der Plan begann Wirklichkeit zu werden. In zwei Tagen wäre der ganze Albtraum vergessen.

Als sie ihr Fahrrad vor dem Haus anschloss, lagen dort sechs andere Räder auf einem Haufen. Tessa stieg über die Reifen zur Eingangstür, wo ihr eine Welle Grasgeruch entgegenschlug. Der Flur war zugestellt mit schmutzigen Sneakern, unter denen auch Ellies rosa Schuhe lagen, und aus dem Wohnzimmer schallte es in der Lautstärke eines Techno-Clubs. Tessa ging den Flur entlang. Sie plante schon, sich bei Linus über den Lärm und Gestank zu beschweren, aber beim Anblick des Wohnzimmers verschlug es ihr die Sprache.

Wie in einer Opiumhölle vegetierten die Freunde ihres Bruders vor sich hin. Eine Hälfte saß tief in das Sofa gedrückt, während der Rest mit einem ausgebreiteten Schafsfell und ein paar Kissen auf dem Boden lag. Auf dem Tisch zwischen ihnen hatte sich eine Stadt aus Pizzaschachteln, Energydrinks und Bierdosen gebildet.

Trotz der Musik, die dem Puls eines Eichhörnchens nahekam, bewegten sie sich langsam, als wären sie irgendwo im Zwielicht zwischen Schlafen und Wachsein gefangen. In Zeitlupe wurde nach Pizzastücken gegriffen, neue Dosen geöffnet und mehrere Joints im Uhrzeigersinn weitergereicht. Die einzigen schnellen Bewegungen kamen von dem Flachbildschirm an der Wand, wo ein Videospiel lief, in dem Zombies sorgfältig mit einer Kettensäge zerteilt wurden.

Hier würde keiner dieses Wochenende das Haus verlassen, geschweige denn aufstehen. Und mittendrin saß Ellie und teilte sich die rechte Sofahälfte mit einem großen Typen mit langen braunen Haaren, bunten Tattoos auf den Unterarmen und einem Nasenring. Tessa dachte spontan an die Schöne und das Biest. Der Typ beugte sich zu Ellie herüber und flüsterte ihr etwas zu. Sie lachte und ihre Wangen röteten sich. Tessa rollte mit den Augen. Ausgerechnet heute musste sie anscheinend ihren Horizont erweitern, am wahrscheinlich wichtigsten Tag ihres Lebens. Für sowas war nächste Woche immer noch genug Zeit.

Tessa ging auf ihren Bruder zu. Linus starrte auf den Fernseher. Erst als Tessa ihn über die Musik hinweg anbrüllte, schien er zurück in die Wirklichkeit zu kommen.

»Dieser Gestank wird wochenlang hier drinhängen«, rief Tessa. »Die beiden bringen dich um, wenn sie zurück sind. Das ist dir klar, oder?«

Er blinzelte sie verständnislos an und zeigte auf eine Kiste voller Textilreiniger und Lufterfrischer in der Ecke des Wohnzimmers.

»Blödsinn. Wir sprühen am Sonntag einmal alles ein und lüften ordentlich durch.«

»Das klappt doch niemals.«

»Klar, Stevie hat das schon tausendmal so gemacht.«

Ein blasser blonder Typ auf dem Schafsfell hob einen Daumen in die Luft, zog an seinem Joint und brach in einen Hustenanfall aus.

Tessa schüttelte den Kopf. »Ich halt mich da raus. Du kannst das mit denen ausmachen. Ich bin eh nicht da.«

»Ja, ja. Setz dich lieber und entspann dich mal. Ist doch Wochenende.« Er griff einen der Pizzakartons und drückte ihn Tessa in die Hand. »Ich kläre das schon mit denen.«

»Nett von dir, aber ich habe keine Zeit.«

Sie warf den Karton auf den Tisch, wo er bis zur Kante rutschte.

Bei dem Geräusch tauchte Atlas aus der Küchentür auf. Sabber tropfte ihm aus den faltigen Mundwinkeln, während er den Raum musterte. Dann entdeckte er die bedrohlich wippende Schachtel und hechtete los.

51

Mit einer schnellen Bewegung versperrte Tessa ihm den Weg.

»Sicher, dass du es schaffst auf das Haus aufzupassen?«

»Wieso muss ich denn alles machen? Du bist doch auch hier.«

Tessa schnaufte. »Das hab ich dir extra gesagt. Ich bin nicht da. Ich muss nur schnell ein paar Sachen einpacken, dann bin ich bis Samstagabend weg.«

Linus starrte weiter auf den Fernseher. »Ach ja, ist in Ordnung.«

Am liebsten hätte Tessa mit dem Kopf gegen die Wand gehämmert. Da hätte sie bestimmt mehr Reaktion zurückgekriegt. Aber im Endeffekt war das alles nicht ihr Problem. Es gab Wichtigeres zu tun.

»Ellie, wir müssen gleich los«, rief sie durchs Wohnzimmer.

Ellie schaute sich erschrocken um, bis sie Tessa entdeckte. »Oh, hey. Ich hab schon auf dich gewartet.«

»Das seh ich. War bestimmt furchtbar.«

»Ach, es ging.«

Der Typ neben ihr reichte Ellie seinen Joint.

»Komm, wir haben nicht mehr so viel Zeit.«

»Wollen wir nicht noch ein bisschen bleiben? Es ist echt entspannt hier.«

»Hast du vergessen, wie eng der Zeitplan ist?«

Sie streckte sich. »Nein, nein. Die Couch ist nur so bequem.«

»Warum habt ihr es überhaupt so eilig?«, fragte Linus, ohne vom Fernseher wegzuschauen.

»Ich will halt nicht, dass wir hier mit euch versauern«, sagte Tessa.

»Ich spüre da ein ungesundes Level an Stress bei dir. Ein bisschen runterkommen würde dir bestimmt helfen.«

Tessa lachte. Weniger über ihren Bruder als über die Tatsache, dass er vermutlich recht hatte. Seit Tagen nagte die Anspannung an ihr. Höhlte sie immer weiter aus.

»Ein anderes Mal.« Sie schaute zu Ellie. »Ich hole meine Sachen, dann gehen wir los, ok?«

Tessa hatte keine Ahnung, was sie für einen Zwei-Tage-Trip ohne Übernachtung wirklich brauchte. Sie stopfte ihre Zahnputzsachen, etwas Ersatzunterwäsche, Feuchttücher, eine Wasserflasche und ein paar Ibuprofen in den Rucksack. Dazu kamen das Bargeld und die Mappe mit den ganzen Unterlagen vom Frauenarzt. Noch nie hatte sie sich schlechter vorbereitet gefühlt. Aber für so einen Trip, gab es nun einmal auch keine Ratgeber, an die man sich wenden konnte.

Sie ließ einen letzten Blick durch ihr Zimmer schweifen. Das halbfertige Aquarell schaute ungeduldig zurück und Tessa schwor, es nach dem Wochenende definitiv fertig zu malen.

Als sie zurück ins Wohnzimmer kam, hatte sich nichts verändert. Als hätte Zeit hier jegliche Bedeutung verloren. Die Zombies spritzen ihr Blut immer noch über den Fernseher und ein weiterer Joint wurde rumgereicht. Ellie hatte sich keinen Zentimeter bewegt. Stattdessen lag ihr Kopf jetzt auf der Schulter des Typen neben ihr, während sie ihm etwas zu flüsterte.

Tessa stieg über die Bierdosen und Pizzaschachteln zum Sofa, griff Ellies Arme und zog sie hoch.

»Zeit loszugehen.«

Ellie seufzte. »Hast ja recht. Ich komm schon.«

Im Stehen nahm ihr schlaffer Körper etwas mehr Spannung an. Sie zog ihr Top glatt und verabschiedete sich bei dem Typen. Dann ging sie in den Flur und streichelte nebenbei Atlas Kopf, der hoffnungsvoll die Pizzaschachtel anstarrte. Tessa betrachtete den Hund.

»Wenn du dich selbst schon so gehen lässt, schaffst du es denn wenigstens, dich um Atlas zu kümmern?«

»Wen?«, fragte er und schaute rüber. Dann klickte es. »Ach so, ja natürlich. Ihm wird's an nichts fehlen. Kannst du ihm die Pizza reichen? Scheint, als hätte er Hunger.«

Tessa boxte Linus gegen die Schulter. Selbst wenn ihr Bruder in den nächsten zwei Tagen immer im Haus wäre, Atlas würde wahrscheinlich verwahrlosen. Bei der Vorstellung, wie der kleine Klumpen vergessen rumlag und Reste in sich reinschlang, schauderte es ihr. Sie schob die Schachtel zurück auf den Tisch.

»Ich nehme ihn mit. Ok?«

»Auch gut. Erlebt er mal ein bisschen was.« Linus griff sich einen der Energydrinks. »Moment Mal, wohin überhaupt?«

Tessa seufzte. »Ich wünsch dir und deinen Freunden ein schönes Wochenende.«

Dann zog sie beide, Ellie an der Hand und Atlas an der Leine, mit sich hinaus an die frische Luft.

# 13:00

Eigentlich war der Fußweg zur Foyle Street Bus Station eine nette Strecke. Knapp dreißig Minuten bis zum Fluss, von wo man einen guten Blick auf den Kai und daneben die Marina mit einer Handvoll Motorbooten hatte und anschließend durch die verwinkelten Kalksteinhäuser in der Altstadt. Ellie war nach ein paar Minuten Bewegung in der Sonne wieder voller Energie. Atlas hechelte vor ihnen her und erschreckte die Tauben auf dem Weg.

Nur Tessa fluchte innerlich über diese Quälerei. Ihre Füße taten weh, ihre Kondition ließ nach und ein fieses Stechen im Becken zwang sie alle paar Schritte langsamer zu werden. Bis sie auf halber Strecke stehen blieb und sich auf die Knie stützte. Atlas nutzte die Gelegenheit und stürmte in das nächste Gebüsch, um nach irgendetwas zu jagen. Tessa war zu sehr mit atmen beschäftigt, um nach dem Hund zu rufen.

»Alles gut bei dir?«, fragte Ellie.

»Ja, klar. Ich bin nur nicht so fit. Es zieht die ganze Zeit irgendwo im Bauch.«

»Das klingt nicht gut. Ist das denn normal, dass du so aus der Puste bist?«

Atlas kam enttäuscht ohne Beute wieder angelaufen, setzte sich vor Tessas Füße und schaute sie mit schief gelegtem Kopf an. Sie reichte die Leine an Ellie weiter.

»Ich glaube nicht, dass irgendwas wirklich normal sein kann, wenn in dir ein Mensch heranwächst.« Sie drängte das Bild von dem kleinen Zellklumpen in den Tiefen ihres Körpers beiseite. »Da kann alles auf einmal zum Problem werden.«

»So doll, dass du keine halbe Stunde lang gehen kannst? Das kann ich mir nicht vorstellen.«

»Ich bin heute schon mit dem Fahrrad durch die ganze Stadt hin und her gerast«, sagte Tessa. »Gleich geht's wieder. Ich komm klar.«

Sie richtete sich auf und schlurfte weiter.

»Hast du das denn öfter?«

»Eigentlich nicht. Ist etwas mehr geworden in der letzten Woche, aber heute ist es wirklich noch ein bisschen doller.«

Ellie schaute sie skeptisch an. »Seit du den Termin gemacht hast?«

»Kann sein.«

»Wer weiß. Vielleicht ist das ja unterbewusst.«

»Was? Das Ziehen? Oder, dass ich wie ein Walross atme?«

»Alles. Vielleicht willst du den Bus gar nicht wirklich kriegen. Und jetzt entwickelt dein Körper solche Symptome, damit du ihn verpassen kannst. Weißt du, was ich meine? Vielleicht bist du dir ja nicht wirklich sicher, dass du das Durchziehen willst.«

»Ach was. Bist du jetzt etwa der Meinung, ich sollte das Kind kriegen?«

»Nein, nein. Ich frag mich nur, ob dein Körper dir eine Nachricht schickt.«

»So ein Blödsinn. Das Ziehen ist völlig normal. Weder mein Körper noch mein Unterbewusstsein mischen sich da ein. Ich weiß genau, was ich tue.«

Tessa packte ihr Handy aus. Mit der einen Hand hielt sie sich immer noch die Leiste, mit der anderen tippte sie in die Suchzeile.

»Übliche Beschwerden im vierten Schwangerschaftsmonat«, lass sie die Überschrift vor. Sie überflog den Text. »Das steht es: Kurzatmigkeit, Dehnungsschmerzen in den Mutterbändern, Sodbrennen, allgemeine Magenschmerzen. Ich bin für alles anfällig. Es ist eigentlich ein Wunder, dass ich mich überhaupt bewegen kann. Du müsstest beeindruckt sein, statt mich so zu löchern.«

Sie stellte sich gerade hin und zwang sich ein Lächeln auf. »Wenn überhaupt, warnt mich mein Körper, dass ich mich beeilen soll, bevor er sich zu sehr verändert.«

# 14:35

Fünf Minuten vor Abfahrt erreichten sie die Busstation. Ein riesiger Asphaltplatz, begrenzt von zwei Backsteingebäuden, auf dem eine Reihe grauer Doppeldecker Busse stand. Mit offenen Türen wartete die Nummer 212 an erster Stelle. Auf dem Schild über der Frontscheibe stand in weißen Buchstaben *Belfast*.

Ein dünner Busfahrer mit Schnauzer und teebeutelgroßen Augenringen bewachte die Tür und rauchte gekonnt die, dem Klang seines Hustens nach, wahrscheinlich dreißigste Zigarette des Tages. Die Tickets, die sie ihm präsentierten, ignorierte er souverän. Selbst, dass Atlas ihn anknurrte, störte ihn nicht. Er starrte einfach ins Leere und winkte sie kommentarlos durch.

Knapp ein Drittel der Sitzplätze war besetzt, der Hauptteil von einer Gruppe älterer Frauen auf einem Ausflug, und einer Familie, die genug Gepäck dabeihatte, dass man nicht sicher sein konnte, ob sie in den Urlaub fuhren oder auswanderten. Tessa und Ellie setzten sich in die letzte Reihe, wo sie genug Platz hatten und Atlas sich unter die Sitze legen konnte.

Die Schmerzen im Bauch ließen nach, kaum dass Tessa sich hingesetzt hatte. Eine Welle aus Entspannung floss über sie hinweg. Sie zog die Schuhe aus, machte ihre Kopfhörer rein und lehnte den Kopf an die Fensterscheibe. Die

Tasche mit den Unterlagen für die Klinik und dem Bargeld drückte sie an sich.

Das Vibrieren des Busses wirkte wie eine Massage. Keine gute Massage, eher eine, die man für zwei Pfund im Massagesessel eines Einkaufszentrums erwarten konnte, aber trotzdem half es. Tessa schloss die Augen und ihre Gedanken drifteten ab.

Das erste Mal seit über einer Woche fand sie wieder Ruhe nachzudenken, über sich und übers Malen. Die ständige Angst vor der Zukunft hatte in den letzten Tagen alle Ideen in ihr ertränkt. Dabei quoll sie fast über vor Emotionen. Irgendwann würde sie die Erfahrung in einer neuen Bilderreihe verarbeiten. Wenn sie eine erfolgreiche Künstlerin war und alles lange genug zurücklag. Vielleicht würde sie bis dahin sogar schon Kinder haben.

Sie folgte dem Faden ihrer Gedanken immer weiter, bis sie knapp davor war einzuschlafen. Doch dann rüttelte es durch den ganzen Bus und sie war wieder voll da.

Der Busfahrer schien es sich zur Aufgabe gemacht zu haben, die Fahrt so unangenehm wie möglich zu gestalten. Egal, wie oft Tessa kurz vor dem Einnicken war. Er fand immer wieder eine Ampel, an der er zu stark bremsen, oder einen Laster, an dem er beim Überholen seine Rennfahrerträume ausleben konnte. Auf der Autobahn ging es genauso weiter. Ständig wechselte er die Spur und beschleunigte, nur um kurz darauf wieder abrupt langsamer zu fahren.

Atlas schaute jedes Mal verschreckt auf, wenn der Bus sich ruckartig bewegte, und auch ein paar der anderen

Fahrgäste schüttelten den Kopf. Nur Tessa regte sich darüber nicht auf. Solange sie kein Stau aufhielt, war ihr alles egal. Hauptsache, sie kamen rechtzeitig zur Fähre. Für Schlafen war dann noch genug Zeit.

Erst als der Bus abermals abrupt bremste und viel zu früh die Autobahn verließ, wurde sie nervös. Sie stoppten auf einem Parkplatz mitten in der Wildnis, umgeben von nichts außer einem überquellenden Mülleimer, zwei Holzbänken und einem mit Graffitis besprühten Toilettenhäuschen, das Tessa auch nicht benutzen würde, wenn es das letzte auf der Welt wäre. Die Stimme des Busfahrers knisterte aus den Lautsprechern.

»Wir halten hier außerplanmäßig für eine Kontrolle.«

Die Türen öffneten sich und der Busfahrer stieg aus. Ein Raunen zog durch die Passagiere. Tessa presste ihr Gesicht gegen die Fensterscheibe. Zwei Polizisten standen neben dem Fahrer und schauten zu, wie er rot anlief, während er mit der letzten Kraft, die seine Lunge noch zur Verfügung hatte in ein Alkoholmessgerät pustete. Anscheinend hatten die seine ungewöhnlichen Fahrkünste auch bemerkt und für ausreichend verdächtig befunden.

Durch Tessas Kopf tanzte sofort die Frage, wie sie weiterkämen, wenn der Busfahrer sie jetzt im Stich ließ. Ein Ersatzbus? Per Anhalter? Tessa schluckte. Das war zwar unangenehm, aber wählerisch konnte sie nicht sein.

Zum Glück stieg er kurz darauf wieder ein, dicht gefolgt von einem Polizisten. Der bärtige Mann mit breiten Schultern und einem kantigen Gesicht ragte mindestens eine Armlänge über den Busfahrer. Sein kahler Kopf lenkte den Blick automatisch auf seine breiten Augenbrauen, die kurz vor dem Zusammenwachsen standen.

Mit tiefer Stimme verkündete er, dass alle aussteigen müssen, um die Ausweise und das Gepäck zu kontrollieren und ein gemeinschaftliches Seufzen ging durch den Bus. Dann kletterten die Passagiere widerwillig einer nach dem andern nach draußen und reihten sich auf.

Während der Polizist die Ausweise kontrollierte und die Leute nacheinander wieder reinschickte, führte der andere, ein älterer Mann, ebenfalls mit den Körpermaßen eines Kleiderschranks, aber dafür mehr Haaren auf dem Kopf, einen Schäferhund durch die aufgeklappten Türen des Gepäckraumes.

Er war bereits mit den wenigen Koffern fertig und Tessa und Ellies Ausweise wären auch gleich dran gewesen, als der Hund plötzlich stoppte. Als hätte jemand ein Kommando gegeben, hob er die Schnauze, ging ein Stück auf die beiden zu und setzte sich vor ihnen auf den Boden. Atlas wollte auf ihn zugehen, aber Tessa zog die Leine fest an sich.

Der Polizist streichelte seinem Hund über den Kopf, dann streckte er Tessa und Ellie die Hand entgegen.

»Ich würde gerne in Ihre Taschen sehen.«

Ellie reichte ihm den Rucksack mit ausgestreckten Armen, als müsste sie ein Raubtier füttern. In seinen riesigen Händen sah er wie ein Spielzeug aus. Er führte sie zu dem Polizeiauto, wo er nacheinander alles herausholte.

Auf der Motorhaube sammelte sich ein Haufen Taschentücher, Kaugummi, Labello und Mascara. Jedes einzelne Teil betrachtete er mit dem grimmigen Ausdruck eines Fabrikarbeiters, bis er ganz unten in dem leeren Rucksack etwas fand. Ein schmales Grinsen zog über sein kantiges Gesicht.

In seiner Hand hielt er ein kleines Einmachglas gefüllt mit mehreren Knäuel Gras. Alle ungefähr die Größe eines Daumennagels. Tessa presste die Zähne aufeinander und schielte zu Ellie hinüber, deren Kopf ein tiefes Weinrot angenommen hatte.

»Da haben wir doch was«, rief er und hielt das Glas ins Sonnenlicht. »Da brauchen wir wohl die Waage. Kontrollierst du die Personalien?«

Der mit den buschigen Augenbrauen setzte sich in den Wagen, während der mit den Haaren Tessas und Ellies Ausweise einsammelte. Die restlichen Passagiere waren mittlerweile wieder zurück im Bus und pressten sich gegen die Fenster, um die beiden zu beobachten. Als hätten sie gerade einen Zwischenstopp am Zoo eingelegt und könnten jetzt das Gehege mit den Schwerverbrechern beobachten. Zum Glück machte niemand Fotos.

»Das kann nicht dein Ernst sein?«, flüsterte Tessa. »Wo hast du das denn her?«

»Wer kann denn ahnen, dass wir im Bus kontrolliert werden«, flüsterte Ellie zurück.

»Das ist deine Verteidigung?«

»Na, in ein Flugzeug hätte ich es bestimmt nicht mitgenommen.«

»Aber was soll das? Du kiffst doch überhaupt nicht.«

»Es ist ja auch nicht für mich. Sondern für dich.«

»Bitte was?«

»Ich hab es mir von einem Freund von deinem Bruder geben lassen. Nur für den Fall, dass es dir auf dem Rückweg morgen nicht gut geht. Vielleicht kriegst du Schmerzen oder dir wird schlecht. Du hast selbst immer gesagt, das Zeug ist wie Medizin.«

»Ich bin mir ziemlich sicher, dass man nach einer OP nicht kiffen sollte«, fauchte Tessa.

»Ja, gut. Vielleicht klang die Idee in meinem Kopf besser, als sie wirklich ist.«

»Na immerhin.«

»Keine Sorge, das ist ja nicht viel. Unter sieben Gramm passiert bei sowas nichts. Da lassen sie einen immer gehen. Ist ja nicht so, als würden wir was verkaufen.«

Der Polizist kam zurück mit dem Einmachglas.

»Haben Sie dazu irgendwas zu sagen?«, fragte er.

Ellie zog die Schultern hoch. »Ich, ehm, ich hab chronische Migräne.«

»Natürlich. Wer hat die nicht. Allerdings sollten Sie sich zukünftig eine andere Lösung suchen.« Dann streckte er Tessa die Hand entgegen. »Ihre Tasche würde ich auch gerne sehen.«

Tessa starrte Ellie wütend an, während sie ihre Tasche dem Polizisten reichte. Dass es bei ihr auch ein Problem geben könnte, merkte sie erst an seinem Pfeifen.

»Sieh an. Jetzt wird es interessant.«

Er hielt seinem Kollegen die Tasche hin. Der zog die Augenbrauen hoch.

»Wie viel ist das?«

»Etwas über 800 Pfund.«

Der Polizist mit den Haaren pfiff ebenfalls. »Könnten Sie uns das erklären?«

Tessa stockte.

»Das Geschäft scheint gut zu laufen. Eine trägt das Gras, die andere das Geld. Bestimmt nicht das erste Mal.«

Tessa schaute panisch zwischen den beiden Polizisten hin und her. Die riesigen Köpfe türmten sich vor ihr auf und verdeckten die Sonne. Weitaufgerissene große Augen starrten auf sie herab.

»Das Geld habe ich das letzte Jahr über gespart. Das hat nichts mit dem Gras zu tun«, sagte Tessa.

»Natürlich. Natürlich. Und wozu haben Sie ausgerechnet heute so viel Bargeld bei sich?«

»Das ist für … für …«

Der bärtige Polizist knurrte und wandte sich seinem Kollegen zu. Anscheinend wollte er flüstern. Seine bassartige Stimme war trotzdem problemlos zu hören.

»Wir sollten die beiden besser die Nacht über in Gewahrsam nehmen. Dann können wir das Geld prüfen. Vielleicht kommen heute noch Diebstahlmeldungen rein.«

Der andere Polizist nickte.

»Das können Sie nicht machen«, rief Ellie.

Er lachte. »Natürlich können wir. Bis zu vierundzwanzig Stunden bei ausreichendem Verdacht und um Verbrechen zu verhindern.«

Tessa durchfuhr es, als hätte sie in eine Steckdose gefasst. Das war das Ende. Nicht nur schwanger, auch noch von der Polizei festgenommen. Vielleicht hatten ihre Eltern gar nicht so unrecht mit ihren Sorgen, irgendwas lief in ihrem Leben wohl schief.

»Nein, warten Sie. Ich kann das erklären. Hier.«

Sie nahm die Tasche von der Motorhaube.

Der Polizist mit der Glatze griff den Knüppel an seinem Gürtel, bereit sie aufzuhalten, aber sein Kollege stoppte ihn. Die Motorhaube des Polizeiwagens senkte sich ein wenig, als er sich darauf zurücklehnte und Tessa beim Suchen zuschaute.

Direkt unter der Brieftasche, lagen immer noch zusammengefaltet alle Papiere des Frauenarztes. Der Polizist hatte nach dem Geld anscheinend nicht mehr weiter geschaut und die Hälfte übersehen.

»Ich …«

Sie griff die Unterlagen. Vielleicht hätte er Verständnis, wenn sie es erklärte. Aber als sie das Papier in der Hand hielt und den beiden ins Gesicht schaute, sträubte sich alles in ihr dagegen. Von dem Termin in Liverpool zu erzählen, erschien ihr wie eine riesige Dummheit. Selbst, wenn die beiden ihr glaubten, wofür das Geld war, hieß das noch lange nicht, dass sie sie gehen lassen würden.

In allen Ecken des Internets hatte Tessa Menschen gefunden, die über Schwangerschaftsabbrüche hetzten. Und wer wusste schon, wer sich in echt hinter solchen Kommentaren verbarg. Ob die beiden Riesen vor ihr auch so dachten, ließ sich an den kantigen Gesichtern nicht ablesen. Es war schwer vorstellbar, dass sie über irgendetwas auf der Welt eine positive Meinung hätten.

Wenn sie ihnen jetzt die Wahrheit erzählte, machte Tessa sich abhängig. Zwei fremde Menschen würden dann entscheiden, ob sie rechtzeitig zu der Abtreibung käme oder ob sie sie verpasste. Tessa erschauderte bei dem Gedanken. So viel Macht über ihr Leben stand niemandem zu. Da würde sie es lieber mit einer Lüge versuchen. So war es zumindest ihre eigene Entscheidung.

Sie atmete tief durch und zog den Umschlag heraus.

»Meine Eltern haben mich zuhause rausgeworfen.« Das Zittern in ihrer Stimme kam wie von selbst, dafür hatte sie seit einer Woche bei weitem genug Angst gehabt. »Weil ich schwanger bin. Deshalb wollen sie nichts mehr mit mir zu tun haben.«

Sie nahm das Ultraschallbild und breitete es direkt vor den Augen des Polizisten aus. Der wich einen Schritt zurück. Dann hielt sie den Arztbericht ebenfalls daneben. Das Grinsen verschwand aus seinem Gesicht. Nacheinander nahm er die Papiere und starrte sie an.

»Das Geld ist alles an Gespartem, was ich übrighabe. Meine Oma lebt in Liverpool. Sie hat erlaubt, dass ich fürs Erste bei ihr bleiben kann, wenn ich mich endlich zusammenreiße.« Tessa drückte eine Träne hervor und fing an zu schniefen. »Sie hat sogar ein Bewerbungsgespräch in einem Laden bei einer Bekannten organisiert. Irgendwie muss ich ja Geld verdienen.«

Der Polizist schaute zwischen Tessa und den Papieren hin und her, während sie nach Luft schnappte.

»Wenn ich jetzt Ärger mit der Polizei habe, schmeißt die mich auch raus. Wo soll ich denn hin?«

Der Polizist reichte die Unterlagen an seinen Kollegen, der sie genauso studierte. »Naja, ich denke, da wird sich bestimmt eine Lösung finden.«

»Bitte, ich kann das alles nicht mehr. Ich will nur zur Ruhe kommen.« Tessa rang nach Atem und schluchzte laut. »Und in sechs Monaten kommt schon das Kind.«

Reflexartig setzte der Polizist an, um Tessa die Schulter zu tätscheln, stoppte aber kurz vorher und kratzte sich im Gesicht. Wieder schaute er auf das Ultraschallbild, dann auf das Geld und schließlich auf Tessas Bauch.

»Ihre Großmutter wird Sie schon nicht rauswerfen.«

»O doch.« Sie wischte sich eine Träne weg. »Das macht die. Oma ist die strengste Katholikin der Welt. Eine richtige Irin. Wenn ich nur die Kirche am Sonntag verpasse, würde sie mir die Hölle heiß machen.«

Die beiden Polizisten gingen einen Schritt beiseite und flüsterten miteinander. Diesmal so leise, dass man tatsächlich nichts mehr verstand. Sie wechselten ein paar Sätze und schielten beide herüber, als Tessa mit voller Kraft ihre Nase schnäuzte. Dann kamen sie zurück.

»Der Gewahrsam wird wohl nicht nötig sein. Wir haben ja die Personalien, falls noch etwas aufkommt. «

»Vielen Dank«, flüsterte Tessa.

Er schaute zu Ellie.

»Und was hat das alles mit Ihnen zu tun?«

Ellie legte ihren Arm um Tessa.

»Ich bin zur Unterstützung mitgekommen. Ich kann sie in dem Zustand doch nicht alleine fahren lassen. Sie sollte sich jetzt nicht so einsam fühlen, deshalb bringe ich sie auf jeden Fall bis zur Oma. Vielleicht bleibe ich auch noch ein paar Tage dort.«

Der Polizist kniff die Augen zusammen.

»Na gut. Dann sollten Sie sich besser nochmal zu Herzen nehmen, dass man in der Nähe von Schwangeren nicht raucht.«

Ellie senkte beschämt den Kopf. »Natürlich, Sie haben Recht. Wird nicht vorkommen.«

»Die Drogen werden natürlich trotzdem gemeldet.«

Ellie nickte.

»Und Ihnen viel Glück mit dem Kind. Sie werden das sicher schaffen. In die Mutterrolle wächst man hinein.«

»Ja, wahrscheinlich«, antwortete Tessa.

Er gab beiden die Ausweise zurück und schickte sie in den Bus.

Der Fahrer und die anderen Passagiere schauten sie wie Straßentauben an, während sie sich durch den Gang zu ihren Plätzen zwängten. Keine von beiden sagte etwas. Erst als sie saßen und der Bus sich in Bewegung setzte, hatten sie das Gefühl, sicher zu sein.

»O mein Gott. Es tut mir so leid«, stieß Ellie hervor. »Ich hätte das niemals mitnehmen sollen. Ich mach das wieder gut.«

»Schon ok.«

Tessa war zu gestresst, um sich aufzuregen. Sie warf sich auf den Sitz, legte den Kopf zurück und seufzte. Ein Blick auf die Uhr bestätigte ihren Verdacht: eine dreiviertel Stunde hatten sie bereits verloren.

# 16:25 - Belfast

Weil der Busfahrer, offenbar von der Kontrolle trauma-
tisiert, auf dem Rest der Strecke übermäßig vorsichtig fuhr,
steigerte sich die Verspätung weiter. Als sie schließlich auf
den Busbahnhof in Belfast einfuhren, blieben nur noch
knapp zwanzig Minuten bis zur Abfahrt der Fähre.

Tessa und Ellie stürmten aus dem Bus. Um sie herum
hievten Leute ihr Gepäck über den Weg oder verab-
schiedeten sich von geliebten Menschen. Tessa nahm von
nichts Notiz. Sie drängte sich zwischen ihnen hindurch
und tippte auf ihrem Handy herum, um irgendwie eine
Möglichkeit zu finden, um die Fähre zu erreichen.

»Google sagt, wir gehen neunzehn Minuten«, rief sie
Ellie zu. »Das können wir schaffen, wenn wir uns beeilen.«

»So wie du vorhin fast zusammengebrochen bist? Das
wird nichts.«

»Verdammt. Der nächste Bus kommt auch erst in zehn
Minuten. Das darf doch nicht wahr sein.«

Ellie stieß sie an und zeigte auf die Straße gegenüber
dem Busbahnhof. Eine einzelne schwarze Ente stand an
dem sonst leeren Taxistand. Die Karosserie war an einigen
Stellen eingedellt und der Lack glänzte auch nicht mehr
richtig, aber auf dem Dach leuchtete dafür das neongelbe
Schild.

»Wie wäre es damit?«

Tessa schaute auf das Bargeld in ihrer Tasche. Sie hatte sich extra etwas mehr von Jamie geben lassen. Dann sollten sie es in einem Notfall wohl auch nutzen.

Nach einem Sprint quer über fünf Haltebuchten, der einen, zum Bremsen gezwungenen, Busfahrer dazu veranlasste eine Reihe unangebrachter Schimpfwörter über die Straße zu schleudern, erreichten Ellie und Atlas als Erste das Auto, gefolgt von Tessa ein paar Meter dahinter, die sich bemühte das Ziehen in ihrem Magen zu verdrängen.

Am Steuer des Taxis saß ein älterer Mann mit lockigen zerzausten Haaren in einem blaukarierten Sportsakko. Einen Ellenbogen aus dem Fenster hängend, nickte er mit geschlossenen Augen zur Musik von A-ha, während auf dem Armaturenbrett vor ihm ein überquellendes Sandwich wartete.

Ellie lehnte sich in das offene Beifahrerfenster.

»Schaffen Sie es, uns in zwanzig Minuten zur Fähre zu bringen?«

Der Mann öffnete langsam die Augen. Erst schaute er zu ihr, dann auf das von Soße aufgeweichte Brot und wieder zurück zu Ellie. »Ich mache gerade Pause.«

»Bitte, es ist dringend. Wir dürfen das Schiff nicht verpassen.«

Er seufzte und packte sein Essen wieder ein. »Ok, ist gut. Die paar Minuten kann ich auch warten. Mach ich die Pause halt am Wasser. Eh viel schöner als hier.«

»Wie lange brauchen wir dahin?«

»Knapp zehn Minuten.«

»Perfekt.«

Während Tessa sich hechelnd an dem Auto abstützte, wollte Ellie die Beifahrertür öffnen, aber die rührte sich nicht.

»Sorry, ihr müsst hinten rein. Vorne ist besetzt.«

Er zeigte auf den Sitz neben ihm. Ellie schaute nach unten, wo ein winziger Spitz mit weißem Fell lag und auf einem völlig misshandelten Plüschhasen herumkaute. Der Hund schaute auf, ließ von dem Stofftier ab, und knurrte sie an, was erst aufhörte, als sein Herrchen ihn streichelte.

»Keine Sorge, der ist ganz lieb.«

»Ah ja.«

Das arme Spielzeug hätte das wahrscheinlich anders gesehen. Ihm fehlte eines seiner Knopfaugen und das linke Ohr wurde nur noch von zwei Fäden am Kopf gehalten. Vermutlich war es nicht mehr lange, bis der Hase endgültig von seinem Leid erlöst wurde.

Ellie stieg links auf der Rückbank ein, Tessa rechts und Atlas setzte sich in die Mitte. Bei dem Anblick des Hundes im Rückspiegel lächelte der Taxifahrer breit.

»Der ist ja hübsch. Wie heißt der denn?«

»Atlas«, antwortete Tessa.

»Hallo Atlas.«

Wieder zur Musik nickend startete er den Wagen und ignorierte dabei völlig, dass die beiden Hunde sich gegenseitig mit aufgestellten Ohren anstarrten.

Der Wind presste durch die offenen Fenster, während sie, mit vollem Tempo die erste Kreuzung überflogen. Der

Taxifahrer drehte gegen das Rauschen seine Musik lauter, was ihn aber nicht davon abhielt sich zu unterhalten.

»Habt ihr schlecht geplant oder ist dem Plan etwas dazwischengekommen, dass ihr so dringend zum Terminal müsst?«

Tessa schob sich die vom Wind erfassten Haare aus dem Gesicht. »Wir haben alles genau geplant, um die Fähre zu kriegen. Und dann hat ein dummer Zufall den Plan ruiniert.«

»Ach ja Zufälle.« Er lachte. »So ist das im Leben. Irgendwas kommt immer dazwischen.«

»Diesmal hoffentlich nicht.«

»Ich geb mein Bestes. Werd versuchen, dass ihr euren Plan einhalten könnt. Wo soll es denn hingehen?«

»Glasgow.«

»Wunderschön.« Ein Lachen zog über sein Gesicht. »Ich habe ein paar Jahre da gearbeitet, als ich jünger war.«

Atlas starrte auf das zerkaute Plüschtier und versuchte, von seinem Platz zu springen, aber Tessa hielt ihn rechtzeitig fest. Die beiden Hunde knurrten.

»Was haben Sie gemacht?«

»Hauptsächlich Theater und Fernsehen.«

»Oh, Sie sind Schauspieler?«

»Nein, nein. Ich habe geschrieben. Drehbücher für Serien und ein paar Stücke. Und jetzt bin ich hier und fahre Taxi. Wie gesagt, das Leben läuft selten nach Plan.«

»Wie sind Sie denn hierhergekommen?«

»Irgendwann hatte ich es satt auf den großen Durchbruch zu warten. Wenn man jedes Mal alles in das nächste Drehbuch steckt, voller Hoffnung ist und am Ende doch nichts daraus wird, dann wird das irgendwann ermüdend. Ich glaube, ein Mensch hat nur eine gewisse Anzahl an guten Geschichten in sich. Und ich hatte das Gefühl ich nähere mich dem Boden meines Brunnens. Also habe ich mir eine Auszeit genommen. Bin durch die Gegend gereist. Aber dabei muss man schließlich auch Geld verdienen.« Er klatschte auf das Armaturenbrett. »Also mittlerweile das hier. Dabei war es eigentlich nur Zufall, dass ausgerechnet hier in Belfast das Geld ausgegangen ist. Seitdem bin ich hier mit meinem Engelchen.«

Er streichelte den Spitz, der demonstrativ mit dem Plüschhasen vor Atlas' Schnauze herum wedelte. Das nur noch lose hängende Ohr schwenkte hin und her. Atlas zerrte wieder an Tessas Griff.

»Und werden Sie wieder anfangen? Mit dem Schreiben meine ich.«

Er setzte zu einer Antwort an, stoppte aber für einen Moment, in dem sein Lächeln schwächer wurde.

»In diesem Leben vermutlich nicht mehr. Ich habe so viel Zeit auf diesen Traum verwendet, dabei gibt es auch noch andere Dinge, die ich machen will.«

»Schade. Also ich könnte mir nicht vorstellen, meine Träume aufzugeben.«

Er zuckte mit den Schultern. »Konnte ich früher auch nicht. Bis es plötzlich so weit war.«

»Wie haben Sie gemerkt, dass es Zeit ist aufzuhören?«

»Das weiß ich gar nicht mehr. Eines Morgens war dieses Brennen einfach weg. Früher konnte ich stundenlang an Texten schreiben, habe an nichts anderes gedacht den Tag über – und dann war es einfach weg. Die Liebe war fort. Und vor mir Stand ein großer Berg verlorener Jahre.«

Tessa juckte es auf der Haut. Sie rutschte auf dem Sitz hin und her, bis sie eine Antwort fand, die nicht zu mitleidig klang.

»Immerhin haben Sie es versucht. Sie sind Ihrem Traum gefolgt. Das ist doch auch etwas wert.«

»Vermutlich. Ich will mich auch gar nicht beschweren. Manchmal frage ich mich nur, ob ich es zu lange hinausgezögert habe. Oder nicht lange genug. Tja, ein Leben voller Ungewissheit. Genauso wie man nie weiß, wer der nächste Fahrgast ist.«

Die Straße machte einen Bogen. Endlich hatten sie den Blick frei, gerade aus über die nächsten Kreuzungen, direkt bis auf die Kais am Hafen. Noch etwas über einen Kilometer.

»Ihr glaubt ja nicht, was für interessante Menschen man hier regelmäßig treffen kann.«

»Ich kann's mir vorstellen. Wäre bestimmt eine gute Inspirationsquelle für einen Autor.«

»Touché. Vielleicht fange ich ja irgendwann wieder an.«

Der Taxifahrer lachte. Dabei übersah er fast, wie die Ampel auf Rot umschaltete. Er stampfte auf die Bremse.

Das Sandwich prallte gegen die Windschutzscheibe. Tessa und Ellie flogen in ihre Gurte.

Atlas nutze die Chance. Während das Quietschen der Reifen abklang, riss er sich aus Tessas Hand und sprang über den Schaltknüppel hinweg auf den vorderen Sitz zu.

»Atlas, nein.«

Aber der Frenchie stürzte sich schon auf den Plüschhasen. Der Spitz schien sich dagegen keine Siegeschancen auszumalen. Er machte einen Satz zurück und sprang aufs Armaturenbrett. Während Atlas ihm bellend hinterherjagte, flüchtete der Spitz über das Lenkrad und zurück auf den Beifahrersitz.

»Anastasia«, rief der Taxifahrer und verrenkte sich den Kopf. Der Spitz rettete sich durch das offene Fenster nach draußen. Tessa und Ellie versuchten vergeblich, Atlas zu packen, aber der sprang hinterher und verschwand ebenfalls. Sie stürmten alle drei aus ihren Türen und fanden die beiden Hunde zwischen den haltenden Autos, wo sie giftig knurrend Tauziehen mit dem Plüschhasen veranstalteten. Ein Radfahrer bremste direkt vor ihnen, während der Taxifahrer sich auf den Kampf stürzte.

»Beruhig dich doch, Mädel.«

Er brauchte ein paar Versuche, dann ließ der Spitz sich widerwillig hochheben. Tessa schnappte sich Atlas.

»O Gott, das tut mir so leid.«

»Geht's dir gut?«, fragte er erst seinen Hund und wandte sich danach an Tessa. »Verdammt, der ist ja völlig verrückt. Ihr könnt doch nicht so ein aggressives Tier in mein Taxi bringen.«

»Kommt nicht wieder vor.«

»Oh, bestimmt nicht. Ihr könnt den Rest laufen.«

»Nein, bitte. Wir müssen die Fähre kriegen.«

»Keine Chance.« Er funkelte Atlas an. Von seiner guten Stimmung war nichts übriggeblieben. »Den will ich nicht in meinem Wagen haben.«

Die Ampel schaltete wieder auf Grün. Das erste Auto hupte schon, während der Taxifahrer wieder einstieg und mit einem lauten Knall die Tür zu schlug. Vom Gehweg aus schauten sie zu, wie der Wagen davonfuhr.

»Scheiße.« Tessa schaute auf Atlas hinab. »Was ist denn mit dir kaputt?«

Die französische Bulldogge schaute mit großen Augen zurück und wedelte freudig mit dem Schwanz. In der Schnauze immer noch den Plüschhasen, der sich langsam mit Sabber vollsaugte. Tessa seufzte. Wütend zu sein, würde ihr jetzt auch nichts bringen.

»Für dich hat's sich immerhin gelohnt, was?«

# 16:35 – Immer noch in Belfast

Tessas Körper rief zur Rebellion auf gegen die erneute An-
strengung. Ihre Lunge und die Füße schlossen sich dem
Ruf als Erstes an, gefolgt von Knien und Bauch. Allesamt
drohten sie den Dienst zu versagen.

Aber Tessa blieb eisern. Jeden Gedanken ans Langsamer werden unterdrückte sie, bevor er sich in ihrem
Kopf einnisten konnte, und zwang sich weiter vorwärts
mit ihrem unangenehm langsamen Laufstil, durch eine
triste Industrielandschaft aus zementgrauen Ladekränen,
eingezäunten Parkplätzen und mit Graffitis verzierten
Blechhallen. Während der Pier endlich in greifbare Nähe
kam, wurde der Gehweg immer löchriger und alle paar
Meter dröhnten Lastwagen an ihnen vorbei, was das
Laufen nicht unbedingt erleichterte. Trotzdem lief Tessa,
so schnell sie konnte weiter, bis sie das Wasser erreichte.

Gerade rechtzeitig, dass sie mit schmerzendem Körper
einen perfekten Blick darauf genießen konnte, wie die
Fähre ablegte und mit Tessas Zukunft am Horizont verschwand.

Keuchend und nach Luft ringend fielen sie beide auf
ein paar harte Stahlbänke vor dem Fährterminal und
schauten aufs dunkle Wasser hinaus. Atlas legte sich neben
die Bank und kaute auf dem Plüschhasen herum.

»Verdammt.« Tessa schnaufte und warf frustriert die Arme in die Luft. »Die ganze Rennerei für nichts. Das kann doch nicht sein.«

Sie drückte sich Daumen und Zeigefinger in die Augen, um den Tränen zuvorzukommen. Eine Welle Angst türmte sich in ihr auf, eine Sturmflut, die sie von den Beinen reißen und mit sich nach unten ziehen würde.

Sie atmete langsam ein und aus, bis das Zittern in ihrer Unterlippe nachließ. Dann saßen sie still nebeneinander. Vor ihnen schwappte das Wasser gleichmäßig gegen den Kai, wie das Ticken einer antiken Uhr, nur ab und zu übertönt vom Kreischen der Möwen, die um ein paar Abfallreste kämpften.

Das Sonnenlicht fiel ihr ins Gesicht und der Geruch von Algen schwebte in der Luft. Ellie hielt Atlas den Plüschhasen vor die Schnauze, und warf ihn ein Stück den Kai entlang. Der Hund stürzte dem Spielzeug hinterher, trug es zurück und legte es vor Ellies Füßen ab, die ihn mit einer ausufernden Streicheleinheit belohnte. Zwei weitere Male schickte sie den Hund apportieren.

Tessa stieß einen langen Schrei aus.

Eine Gruppe Möwen ergriff die Flucht, während Ellie vor Schreck das Plüschtier zu weit warf.

»Alles gut?«

»Das musste nur einmal raus.«

Ellie sah sie mitleidig an. »Tut mir echt leid.«

»Schon in Ordnung.«

»Und was machen wir jetzt?«

Tessas Blick verlor sich im gleichmäßigen Blau des Himmels. »Ist echt komisch, dass heute so viel schiefgelaufen ist.«

»Manchmal hat man halt Pech. Da kann man nichts gegen machen.«

»Ausgerechnet heute? Ich hatte in meinem Leben noch nie so viele Probleme an einem Tag.«

»Natürlich heute, gestern waren wir ja schließlich nicht unterwegs. Da hätten wir keine Fähre verpassen können. Man kann nur an wirklich wichtigen Tagen richtiges Pech haben.«

»Komm schon, ich meine es ernst.« Tessa legte sich auf die Bank. »Was, wenn das ein Zeichen ist? Vielleicht ist das alles die falsche Entscheidung.«

Ellie warf das Spielzeug wieder auf den Weg. Atlas tapste hinterher. Dann drehte sie sich mit einer hochgezogenen Augenbraue zu Tessa.

»Jetzt hör mir auf. Dass dein Körper dir mit dem Ziehen im Bauch etwas sagt, wolltest du mir nicht glauben. Das war völlig ausgeschlossen. Aber dass das Universum dir Zeichen gibt, hältst du auf einmal für möglich?«

»Meinen Körper kenne ich halt besser als das Universum.«

Ellie musterte sie. »Willst du denn, dass es ein Zeichen ist?«

Tessa musste lachen. »Ganz ruhig, du Psychologin. Ich weiß genau, was ich will. Nur kann es ja trotzdem die falsche Entscheidung sein.«

»Ich glaube, das spielt keine Rolle.«

»Was sollte den wichtiger sein als das Richtige zu tun?«

»Du wirst eh nie erfahren, was richtig oder falsch war. Ist ja nicht so, als würdest du am Ende vor einem Film stehen, auf dem alle möglichen Leben von dir ablaufen und du kannst vergleichen, was passiert wäre.«

Tessa zog die Augenbrauen zusammen. »Also spielt es keine Rolle, was ich tue?«

Ellie zuckte mit den Schultern. »Du solltest nicht rumspekulieren, sondern die Entscheidung suchen, zu der du wirklich stehst. Egal, ob richtig oder falsch, so gibt es zumindest nichts zu bereuen.«

»Einleuchtend.«

»Und was sagt dir dein Gefühl?«

Tessa legte die Tickets beiseite und schaute in den Himmel. Ein paar Schäfchenwolken zogen über die blaue Leinwand.

»Ich denke …« Sie schaute auf ihr Handydisplay. »Bis zum Termin sind es noch siebzehn Stunden. Es wird doch wohl möglich sein, in der Zeit von hier bis nach Liverpool zu kommen. Wozu gibt's schließlich diesen ganzen Technikkram? Milliardäre fliegen ins Weltall, da werden wir doch ins verdammte England kommen.«

»Hoffentlich.«

Sie setzten sich Rücken an Rücken, nahmen beide die Handys raus und suchten nach einem Weg. Abwechselnd warfen sie sich die Ideen zu.

»Können wir nicht die nächste Fähre nehmen?«, fragte Ellie.

»Heute gibt es keine mehr, erst morgen früh um sechs wieder. Das wäre zu spät.«

»Vielleicht könnten wir doch noch fliegen?«

»Klar, wenn du spontan tausend Pfund für einen Flug übrighast.«

Ellie seufzte. »Eine andere Fähre?«

»Und dann? Was sollen wir woanders? Brennen wir durch und kommen nie mehr zurück?«

»Nein, aber dann sind wir zumindest erstmal drüben. Und für den Rest finden wir sicher was.«

Tessa richtete den Kopf auf. »Glaubst du, das geht?«

»Es gibt noch eine Fähre nach Cairnryan. In zwei Stunden«, sagte Ellie.

»Wohin?«

Sie hielt Tessa ihr Handy mit der nächsten Verbindung entgegen. »Nach Schottland.«

Das war zwar nicht einmal das richtige Land, trotzdem reichte der Hoffnungsschimmer aus, dass eine Welle Energie durch Tessas Körper fuhr. Nach einer kurzen Suche spuckte ihr Handy eine Route von Cairnryan nach Liverpool aus. Die reinste Folter. Ein Witz, den Google nur vorschlug, weil ohnehin niemand so eine Fahrt auf sich nehmen würde. Sie sollten den Reisebus nehmen, der sie auf die Fähre und danach in den Norden nach Glasgow bringen würde, genau entgegengesetzt der Richtung, in die sie wollten. Nur um von dort, um kurz nach elf, mit dem

Nachtzug nach England zu fahren. Aber so schlimm die Route auch aussah. Nach insgesamt fünfzehn Stunden sitzen, wären sie am Ende rechtzeitig in Liverpool.

Tessa fragte sich, ob sie verrückt geworden war, so eine Fahrt wirklich in Betracht zu ziehen. Aber eine andere Möglichkeit hatten sie schließlich nicht.

»Wenn wir die Strecke nehmen, können wir es wirklich schaffen.« Sie reichte Ellie das Handy. »Wolltest du nicht immer mal einen Roadtrip machen?«

Ellie zog ein Gesicht, als hätte Tessa ihr gerade eine Schnecke als Nachtisch angeboten. »Mit dem Nachtzug? Im Sitzen schlafen?«

»Besser als Trampen in irgendwelchen Lastwagen.«

Ellie schnaufte. »Von mir aus.«

# 16:50 – Am Kai

Durch zwei automatische Glastüren betraten sie das Fährterminal. Ein großes Gebäude, bei dem sich der Architekt künstlerisch zwischen Einkaufszentrum und Fabrik eingeordnet hatte. Tessas und Ellies Schritte hallten über den olivgrünen Linoleumboden, während sie an einem Softdrink Automaten vorbei gingen, den Ellie lüstern anschielte. Auf der linken Seite zogen sich zwei lange Reihen aus graugepolsterten Sitzen mit Blick auf das Wasser. Gegenüber reihten sich ein paar Schaufenster aneinander.

Ein Anbieter von Pauschalreisen, dessen Fenster mit Preisen in riesigen Ziffern beklebt war, daneben zwei Autovermietungen, ein verwaistes Stehcafé und schließlich am Ende das Ticketbüro mit der orangefarbenen Aufschrift von Highland City Links.

Hinter der Tür wartete ein winziger Raum, durchflutet von künstlichem Licht und dem Geruch von Frittiertem, bei dem sich Tessas Magen meldete. Ein völlig überflüssiges Band markierte den leeren Wartebereich vor den zwei Schaltern, von denen nur der rechte besetzt war. Ein rundlicher Mann mit schmaler Lesebrille saß dort zur Seite gewandt hinter seiner Glasscheibe, kaute auf seinem Sandwich herum und unterhielt sich, durch eine offene Tür neben ihm, mit einem Kollegen. Dass ihm dabei die

Mayonnaise aus dem Brot auf die Hand tropfte, bemerkte er nicht.

Der Mann lachte über irgendwas, dass sein Kollege gesagt hatte. Kleine Brotkrümel flogen aus seinem Mund, während er sich auf den Oberschenkel klatschte.

Erst als Tessa direkt vor ihm stand reagierte er.

»Warte kurz, Bobby«, rief er zur Tür, während er das Essen beiseitelegte und sich zu Tessa drehte. »Kundschaft, wir reden gleich weiter.«

Er stütze sich auf dem Schalter ab. »Guten Tag, wie kann ich Ihnen helfen?«

»Ich hätte gerne zwei Tickets für den nächsten Bus von hier nach Glasgow.«

»Selbstverständlich.« Der Mann hämmerte auf seine Tastatur ein. »Oh, da haben sie Glück. Es gibt tatsächlich noch Plätze für die Fahrt in anderthalb Stunden. Zwei Stück waren das?«

»Genau.«

Er tippte wieder auf der Tastatur. »Beide zusammen macht einhundertzehn Pfund.«

»Einhundertzehn? Das kann gar nicht sein.« Tessa nahm ihr Handy und suchte auf der Internetseite von Highland City Links.

»Stimmt etwas nicht?«, fragte der Mann.

Nach ein paar unangenehm stillen Sekunden zeigte das Handy endlich Preise an.

»Hier«, sie hielt ihm das Display vors Gesicht. »Die Tickets kosten nur zweiundachtzig.«

Er begutachtete das Handy. Dann zog er die Schultern hoch und deutete mit dem Zeigefinger darauf.

»Natürlich kosten diese Tickets weniger. Das sind ja auch online Tickets. Ich verkaufe hier Tickets aus dem normalen Kontingent. Die haben nie den gleichen Preis. Das sind zwei völlig unterschiedliche Welten.«

»Das ist doch verrückt. Ich soll mehr zahlen, nur weil ich hier bin?«

»Hier werden Sie ja schließlich auch persönlich betreut und beraten. Dadurch kosten die Tickets auch mehr.«

»Was ist denn das für ein Blödsinn? Ich habe mir selbst rausgesucht, welchen Bus und welche Fähre ich nehme. Wo ist da denn die Beratung?«

Tessa machte einen Schritt Weg vom Schalter. »Dann kaufen wir lieber die Onlinetickets.«

»Natürlich. Sehr gerne. Mehr Pause für mich«, sagte der Mann und lehnte sich in seinem Stuhl zurück. »Ich muss sie aber darauf hinweisen, dass Tickets in den Bussen generell nur in ausgedruckter Form akzeptiert werden.«

Tessa starrte ihn an. »Wie bitte?«

»Sie müssen das Ticket in Papierform mitbringen.«

»Das ist nicht Ihr Ernst? Wo sollen wir denn jetzt noch etwas ausdrucken? Wozu kann man die überhaupt auf der Internetseite kaufen?«

»In der Regel kaufen die Leute Onlinetickets ja auch zuhause und nicht kurz vor der Reise.« Er machte eine ausschweifende Handbewegung. »Dafür gibt es ja die vor Ort Schalter.«

Tessa seufzte.

»Kann man hier irgendwo etwas drucken?«

»Ich glaube, in der Innenstadt gibt es tatsächlich einen Copyshop, den könnten Sie vielleicht noch erreichen. Wenn ich mich richtig erinnere, schließt der um sechs Uhr. Das wird eng.«

Tessa schaute auf ihr Handy und fluchte. Es war mittlerweile Viertel vor sechs und bei dem bloßen Gedanken wieder irgendwo hinzurennen, schrie ihr ganzer Körper. Das war völlig ausgeschlossen. Sie schaute zu Ellie und schüttelte den Kopf. Die überlegte kurz und wandte sich dem Mann am Schalter zu.

»Entschuldigung. Haben Sie hier einen Drucker?«

»Natürlich haben wir einen Drucker. Ohne könnten wir gar nicht arbeiten.«

Sie lehnte sich auf den Schalter und setzte ein breites Lächeln auf. »Dürften wir vielleicht im Internet die Tickets kaufen und Sie drucken die einmal für uns aus. Ginge das? Wissen Sie, wir sind leider sehr knapp bei Kasse.«

Mit einem tiefen Seufzen schüttelte er den Kopf. »Das ist leider völlig ausgeschlossen.«

»Ach bitte. Kommen Sie. Das würde uns wirklich helfen, wenn wir die dreißig Pfund sparen können.«

»Es ist uns strikt untersagt, die Einrichtung privat zu nutzen.«

»Privat?«, ging Tessa dazwischen. »Sie sollen für uns ein Ticket von Highland City Links auf einem Drucker von

Highland City Links ausdrucken. Was ist denn daran privat?«

Er funkelte mit zugekniffenen Augen zurück. »Das verkaufte Ticket gehört nicht zu der Kostenstelle unserer Filiale, sondern dem Onlineshop. Damit ist es offensichtlich nicht geschäftlich. Und wenn es nicht geschäftlich ist, muss es ja privat sein.«

»Das wird sicher niemand erfahren«, sagte Ellie.

Der Mann schnaubte und drehte sich zu der offenen Tür neben ihm. »Hörst du das, Bobby? Keiner wird's erfahren.«

»Weil Vorschriften nur gelten, während jemand zuschaut«, rief Bobby durch die Wand gedämpft zurück.

»Also was ist nun? Ich würde gerne zurück zu meiner Pause. Wollen sie die Tickets haben, oder nicht?«

»Verdammt, dann nehmen wir halt die blöden teureren Tickets. Wäre ja wirklich furchtbar, wenn Sie sich nicht Ihrem Essen widmen können.«

Tessa ging zurück an den Schalter und schob ein paar Scheine über die glatte Oberfläche. Beim Blick in ihren Geldbeutel seufzte sie. Es waren nur noch ein paar Pfund von dem Puffer übrig. Großartig viele Überraschungen konnten sie sich damit nicht mehr erlauben.

Der Mann nahm das Geld, tippte wieder auf seiner Tastatur, bis unter dem Schalter ein Drucker ratterte. Dann nahm er die Tickets hervor, riss die Rechnung an der Kasse ab und schob sie mit dem Wechselgeld zurück.

Tessa griff danach. Als sie die Münzen sah stoppte sie.

»Da fehlt was vom Wechselgeld. Vier Pfund.«

Der Mann tippte mit dem Finger auf die Rechnung. Unter den Fahrkarten stand eine weitere Zeile. Passagierversicherung. Mit zusätzlichen vier Pfund.

»Bitte was? Die wollten wir nicht.«

»Das spielt keine Rolle. Die Passagierversicherung ist gesetzlich vorgeschrieben. Damit wird sichergestellt, dass alle Passagiere versichert sind und Streitfälle zwischen dem Betreiber und den Fahrgästen finanziell abgesichert sind.«

»Wir haben hier gleich einen Streitfall, wenn ich nicht mein Wechselgeld kriege. Ich will gefälligst nur die Tickets bezahlen. Und nicht irgendwelche versteckten Pseudokosten.«

Tessa starrte ihm in die schmaler werdenden Augen. Atlas kam nach vorne bis zum Schalter gelaufen und knurrte. Der Mann schob das Geld und die Tickets zu Tessa.

»Wie ich schon sagte. Die Versicherung ist verpflichtend für alle Fahrgäste.«

»Was ist denn das für ein Saftladen, in dem die Fahrgäste ausgeraubt werden?«

»Sie sollten sich etwas beruhigen. Das hat alles seine Richtigkeit.«

»Ich geh hier erst wieder, wenn ich mein Geld zurückkriege.«

Tessa klatschte auf den Schalter. Atlas stellte die Ohren auf. Der Mann starrte ihr weiter in die Augen, während seine Hand zur Seite schwebte und mit einem Funkgerät wieder auftauchte. Er drückte den Knopf und es rauschte.

»Sicherheitsdienst, bitte in die Highland City Filiale.«

Tessa wollte schon etwas erwidern, da griff Ellie sie am Arm und flüsterte ihr zu.

»Das hat doch keinen Sinn. Hauptsache wir nehmen den Bus und kommen rechtzeitig an.«

»Wir können uns von denen doch nicht einfach so ausnehmen lassen.«

»Denk dran, worum es geht«, flüsterte Ellie.

Tessa schnaufte. Wahrscheinlich hätte sie es einfach auf die Hormone schieben können, oder den Stress, in dem sie sich befand, aber das war es nicht. Dieser Typ war einfach nur ein Blutsauger, der hinter Regeln und Vorschriften seinen Deckmantel gefunden hatte, um Leute zu schikanieren. An jedem anderen Tag würde Tessa sich genauso darüber aufregen. Nur heute musste sie Ärger um jeden Preis verhindern. Widerwillig griff sie das Wechselgeld und die Tickets, während Ellie Atlas auf die Arme nahm. In der Tür drehte Tessa sich noch einmal um, funkelte den Mann an und rief in den Raum.

»Ich hoffe, Sie haben noch einen furchtbaren Tag.«

Draußen senkten sie die Köpfe und gingen direkt Richtung Ausgang, während ein großer Mann in weißem Hemd mit schwarzer Krawatte und einer Jacke vom Sicherheitsdienst an ihnen vorbeiging.

# 18:10 – Belfast

Nach einer Stunde, in der Tessa, Ellie und Atlas den Kai für sich alleine hatten, legte die nächste Fähre endlich an. Die ersten Autos verschwanden bereits im Bauch des zu kleingeratenen Kreuzfahrtschiffes, als der graue Reisebus mit dem Schild Glasgow in der Frontscheibe auf dem Parkplatz hielt.

Aus der Tür stieg ein junger Busfahrer mit kurzen Locken und einem Poloshirt. Widerwillig reichte Tessa ihm die überteuerten Tickets. Noch nie hatte sich etwas Alltägliches so stark nach einer Niederlage angefühlt. Dass er sie dabei mit Grübchen anlächelte, als hätte er nie einen schöneren Tag erlebt, machte es nicht besser. Der Scanner piepte bestätigend und der Busfahrer begrüßte sie mit der Energie eines Klassensprechers.

»Das sieht gut aus, willkommen an Board. Macht's euch bequem. Ich bin Tommy und bringe euch heute nach Glasgow. Wir warten noch fünf Minuten.« Er klopfte auf die Karosserie. »Dann fahr ich die Kiste auf die Fähre.«

Tessa blickte zwischen dem Schiff, das knappe zehn Meter entfernt lag, und dem Bus hin und her.

»Können wir nicht einfach rübergehen? Oder müssen wir etwa im Bus bleiben, während wir auf dem Schiff sind?«

»Nein, nein. Keine Sorge. Ihr seid da völlig frei. Auf dem Schiff kann man sich ausgezeichnet die Zeit vertreiben. Hauptsache ihr findet den Bus rechtzeitig wieder. Offiziell muss ich euch aber warnen, dass wir nicht warten können. Das wäre nicht das erste Mal, dass ich da jemanden verliere, weil er es an der Bar übertrieben hat.«

Er lachte über seinen eigenen Witz. Tessa und Ellie bedankten sich und gingen die paar Meter zu Fuß zum Schiff.

Durch einen breiten Flur mit blau kariertem Teppichboden und holzverkleideten Wänden, an denen Taue und kleine Gemälde von Schiffen hingen, erreichten sie die Lounge. Zwei Dutzend Vierersitzgruppen aus tannengrünen Ohrensesseln und einem kleinen Couchtisch dazwischen verteilten sich über den Raum, umgeben von verglasten Wänden, die die Sitzbänke auf dem Außendeck zeigten, und einer Bar am anderen Ende des Raums.

Eine Handvoll Passagiere steuerte auf die Bar zu während andere, an den Sesseln vorbei, auf das Außendeck wanderten. Tessa und Ellie stürzten sich auf die erste unbesetzte Sesselgruppe in Reichweite. Nach dem Stress waren die breiten gepolsterten Lehnen eine Oase, für ein paar Stunden Komfort, bevor es in den Bus ging.

Während Ellie noch eine Schüssel Wasser für Atlas von der Bar holte, zog Tessa die Schuhe aus, legte die Füße auf dem leeren Sessel gegenüber ab und beobachtete, wie sich die Plätze um sie herum nach und nach füllten.

Die meisten älteren Menschen und die Familien bevorzugten die Plätze bei den Fensterwänden, geschützt vor Wind und Gischt boten diese trotzdem genug Ausblick, damit man das Gefühl hatte etwas zu erleben.

Die einzige junge Person, eine Frau mit blondgefärbten Wellen in einer schwarzen Wildlederjacke und einem weißen Crop-Top darunter, setzte sich in die Sesselgruppe direkt neben Tessa und Ellie. Während die Frau ihren Lederbeutel und eine teuer aussehende Kamera auf dem Tisch platzierte, lächelte sie Tessa und Ellie zu, als würden sie alle zu einer Gruppe gehören. Die jungen Frauen auf dem Schiff. Tessa lächelte zurück, auch wenn sie zwischen dem trainierten halbfreien Bauch der Frau und ihrem eigenen schlabbrigen Hoodie eigentlich keine Gemeinsamkeit erkennen konnte.

Nachdem sie endlich den Hafen verlassen hatten und auf die schottische See fuhren, sank der Lärmpegel auf ein entspanntes Level. Ein paar Gespräche schwebten durch die Lounge und ab und zu klirrten ein paar Gläser an der Bar. Der Rest der Gäste ließ sich vom sanften Schwanken des Schiffs in die Tiefenentspannung tragen. Atlas rollte sich unter einem Sessel ein und schnarchte. Ellie spielte auf ihrem Handy. Nur Tessa kam nicht zur Ruhe. Sie versuchte, auf einem Blatt ein paar Skizzen zusammen zu kritzeln, aber ihre Gedanken sprangen wie Kapuzineraffen hin und her, zwischen möglichen Zeichen-Ideen, bedrohlichen Polizisten, pedantischen Fahrkartenverkäufern und was wohl noch alles vor ihnen lag. Ziellos guckte sie durch die Gegend, überflog mehrmals die gesamte Lounge, und blieb immer wieder an der Frau neben ihnen hängen, die auf ihrer riesigen Spiegelreflexkamera herumtippte.

Am liebsten hätte Tessa sie gezeichnet, um diese Mischung aus Professionalität und Schönheit irgendwie festzuhalten, aber sie fürchtete, dass sie es bemerken würde. Die Ausstrahlung schien allerdings nicht nur Tessa aufgefallen zu sein. Immer wieder liefen Männer, und auch ein paar Frauen, verdächtig langsam an den Sesseln vorbei und verrenkten sich die Köpfe so sehr, dass man es an einem leiseren Ort vermutlich knacken gehört hätte. Sie unterdrückte jedes Mal ein Grinsen, wenn sie wieder jemanden dabei bemerkte. Bis eine Person stehen blieb.

Tessa stieß Ellie an und nickte zur Seite. Beim Anblick ihres Busfahrers grinsten beide. Die Frau hatte ihn nicht bemerkt. Er stand einfach da und schien auf irgendetwas zu warten. Dann traute er sich.

»Das sieht nach einer richtig hochwertigen Ausrüstung aus.«

Die Frau schaute auf und legte den Kopf schräg. »Wie bitte?«

»Das riesige Objektiv, meine ich. Sieht anspruchsvoll aus. Ist das für die Arbeit oder Freizeit?«

»Beides, jetzt gerade ist es allerdings Arbeit.« Sie lehnte sich zurück und legte die Kamera zur Seite. »Wieso fragst du?«

Er sah die Gegenfrage anscheinend als Einladung an, kam ein Stück näher und stützte sich ihr gegenüber auf der

Sessellehne ab. »Ich könnte niemals unterscheiden, was ein gutes Motiv wird und was nicht. Dafür fehlt mir das ästhetische Gespür. Was fotografierst du so?«

»Mode, Hochzeiten, ab und zu Porträts, manchmal auch Natur. Je nachdem, was gerade an Arbeit ansteht.«

»Und außerhalb der Arbeit? Was fotografierst du am liebsten?«

Sie schaute ein paar Sekunden durch die Gegend, dann stütze sie den Kopf auf ihrer Hand ab und lächelte.

»Giftfrösche. Bunt, leuchtend und gefährlich. Die könnte ich den ganzen Tag vor der Linse haben.«

»Das ist ... etwas spezieller als ich erwartet habe.«

Sie zog eine Augenbraue hoch. »Was hast du denn erwartet? Pferde? Blumen? Fotos von meinem Mittagessen?«

»Nein, nein. Ich kenne mich ja gar nicht aus. Das klingt faszinierend. Ich würde gern mehr darüber erfahren.« Er zeigte auf den Sessel vor ihm. »Wenn das in Ordnung ist?«

Sie nickte, räumte ihre Tasche weg und er setzte sich ihr gegenüber. So unterschiedlich die beiden auch aussahen, ihr Outfit war bewusst zusammengestellt, während er bequeme Schuhe und eine weite Hose trug, passten sie doch irgendwie zusammen. Beide ungefähr im gleichen Alter, mit angenehmen Gesichtszügen.

Tessa und Ellie warfen sich beeindruckte Blicke zu. Keine sagte etwas. Sie konzentrierten sich beide voll darauf, dem Gespräch zu lauschen. Auch wenn irgendwo in Tessas Unterbewusstsein eine leise Stimme schrie, wie unhöflich das war, kam dieser Gedanke nicht annähernd gegen die Neugier an. Es war zu faszinierend, mit jedem Satz mehr über die beiden zu erfahren, besonders weil sich immer mehr herausstellte, wie unterschiedlich der Busfahrer und die Fotografin wirklich waren.

Sie lebte von Auftrag zu Auftrag, er hatte einen sicheren Job. Sie hatte die halbe Welt gesehen. Er jeden Fleck in Großbritannien. Sie hatte einen Berg Pläne für die Zukunft, er war zufrieden.

Nach ein paar Minuten ging er zwei Getränke an der Bar holen, wobei er, nach etwas Überzeugung von ihr, auf seine Cola verzichtete und stattdessen eine alkoholfreie Bloody Mary probierte.

Er zog die tiefrote Flüssigkeit durch den Strohhalm und hustete. »Ungewöhnlich. Etwas scharf, oder?«

Sie lachte. »Also ich finde es großartig. Sonst nehme ich gerne deins, wenn unsere Geschmäcker zu verschieden sind.«

Er schielte einen Moment auf sein volles Glas. »Nein, nein. Ich trinke das schon noch.«

»Na gut.«

Sie leerte ihr Getränk in zwei Zügen. Anschließend griff sie in ihre Tasche und holte eine kleine grüne Schachtel heraus, aus der sie ein daumengroßes weißes Kissen nahm und es sich zwischen Backenzähne und Wange klemmte. Der Busfahrer schaute sie verwirrt an. Genau wie Tessa und Ellie, die aus den Augenwinkeln rüber schielten.

»Was war das denn?«, fragte er.

Sie sprach einen Tick undeutlicher. »Das nennt sich Snus. Ist im Grunde Tabak, den man einfach nur im Mund hält. Wirkt wie Zigaretten, nur ohne den ganzen Gestank und den Lungenkrebs.«

»Also ist das ungefährlich?«

»Das nun auch nicht, aber ich mag's trotzdem. Auch wenn es für manche Leute etwas abschreckend ist.«

Der Busfahrer schaute wieder zu seinem Getränk, von dem er bisher fast nichts runtergekriegt hatte. Dann zurück zu ihr.

»Kann ich das vielleicht probieren?«

Sie zog die Schultern hoch. »Könntest du. Ich glaube allerdings, das ist keine gute Idee.«

»Wieso? Ich probiere gerne neue Dinge aus, auch wenn die Bloody Mary jetzt nicht meinen Nerv getroffen hat.«

»Rauchst du denn? Für einen Nichtraucher wäre das sehr stark. Da muss man mit umgehen können.«

Er schnaubte. »Das krieg ich schon hin.«

»Nicht, dass du Probleme kriegst.«

»Ach was.«

»Na gut. Sag aber nicht, ich hätte dich nicht gewarnt.«

Tessa rutschte auf dem Sessel hin und her. Mit dem heimlichen Beobachten war es vorbei. Sie starrte auf die Schachtel, während die Frau sie wieder öffnete und ihm reichte. Tessa lehnte sich zu den beiden und räusperte sich.

»Entschuldigung. Was kann denn passieren, wenn man das Zeug nimmt?«

Beide schauten sie überrascht an. Die Frau antwortete.

»Also wenn man es so gar nicht gewohnt ist, könnte man einen Nikotinschock kriegen.«

»Das klingt nicht gut.«

»Ist es auch nicht. Der Kreislauf gibt nach. Schweißausbrüche, Darmkrämpfe, Übelkeit. Ich kann mir wirklich Schöneres vorstellen.«

Tessa wandte sich an den Busfahrer. »Vielleicht sollten Sie das lieber doch nicht probieren. Nicht, dass Sie nicht mehr fahren können.«

Einen Moment schien er verwirrt, dass sich jemand einmischte. Dann lachte er und griff nach der Schachtel.

»Sehe ich denn wirklich so empfindlich aus? Natürlich kann ich damit noch fahren. Ihr glaubt gar nicht, was ich alles so erlebt habe.«

Er steckte sich eines der weißen Kissen in den Mund. Tessa und die Fotografin schauten ihn an. Einen Augenblick sagte niemand etwas. Er lehnte sich demonstrativ gelassen zurück in den Sessel.

»Fühlt sich gut an.«

»Dann bin ich ja beruhigt.«

»Und wie lange lässt man so ein Ding jetzt im Mund?«

»Nach einer Stunde verliert es langsam an Wirkung.«

»So lange?«

In seinen Augen spiegelte sich Unbehagen. Trotzdem blieb er ruhig und versuchte, das Gespräch lässig weiterzuführen. Tessa betete, dass die Schweißperlen auf seiner Stirn, nur von der Nervosität kamen.

»Hast du noch andere seltene Angewohnheiten? Es würde mir bestimmt ganz guttun, mehr neue Sachen auszuprobieren.«

Die Frau lachte. »Lass mich überlegen. Ein bisschen was gibt es da schon.«

»Vielleicht Fallschirmspringen? Oder das mit dem Seil? Wie hieß das noch? Bungee? Oder irgendwas mit Tauchen?« Er zog mit einem Finger am Kragen seines Poloshirts. »Ist das hier wärmer geworden?«

Seine Haut hatte einen Eierschalen-Ton angenommen. Seine Beine zitterten leicht und die Schweißtropfen sammelten sich zu Bächen, die seinen Hals hinabflossen.

»Ganz so gefährlich muss es mir auch nicht sein. Es reicht schon, wenn man rauskommt und dabei Spaß hat. Ich will jetzt wieder wandern gehen am Wochenende.«

»Das klingt gut. Lass uns da gleich weiter drüber reden.« Der Busfahrer rang sich ein schiefes Lächeln ab und quälte sich aus dem Sessel hoch. »Ich muss nur einmal kurz … Bin gleich wieder …«

Er wischte sich über die nasse Stirn. Ein paar Schritte ging er wankend Richtung Bar, stoppte kurz darauf und packte sich mit beiden Händen an den Magen. Die Fotografin sprang auf, um ihn zu halten. Zu spät.

Untermalt vom Geräusch röhrender Elche verbreitete der Busfahrer seinen Mageninhalt gleichmäßig zwischen den Sesseln. Eine große Pfütze aus buntem Schleim, in der man unverdaute Salatblätter und Nudeln identifizieren konnte. Und mittendrin lag das weiße Päckchen Snus. Die

Fotografin kreischte, griff ihre Sachen und flüchtete vor den Spritzern in die Sesselgruppe zu Tessa und Ellie, die beide zur Seite zuckten, vor Angst sich selbst übergeben zu müssen.

Nach ein paar Sekunden hörte das Geröchel auf. Der Busfahrer schnappte nach Luft.

»Geht's wieder?«, fragte Tessa.

»Ja, ja. Ich muss mich nur etwas ausruhen.«

Nach vorne gebeugt schleppte er sich an ihnen vorbei. Knapp die Hälfte des Saals schaffte er, bis er wieder eine Pause zum Kotzen einlegte und anschließend in der Toilette verschwand.

Während eine Frau von der Bar herbeieilte und fluchend die Sauerei wegwischte, zogen Tessa, Ellie und die Fotografin ihre Sessel ein Stück zur Seite, bis sie den Geruch nur noch leicht wahrnahmen.

»Das war's wohl mit seinem Drang, Neues auszuprobieren. Tut mir fast ein bisschen leid. Vor allem, dass ihr das mit ansehen musstet.« Sie schüttelte den Kopf. »Ich bin übrigens Ciri.«

Die beiden stellten sich vor. Ellie schüttelte sich. »Schön war das nicht.«

Tessa zuckte mit den Schultern. »Ich habe in den letzten Wochen so oft gekotzt, ich glaube, das hat mich abgestumpft.« Sie schaute auf die Toilettentür, hinter der der Busfahrer verschwunden war. »Der wird doch wieder, oder?«

»Keine Sorge, das hab ich schon ein paar Mal bei Leuten erlebt. Morgen ist der wieder komplett fit.«

»Morgen?« Tessas Stimme war ein paar Noten hochgerutscht. Ihre Finger bohrten sich in die weiche Armlehne. »Wir brauchen ihn heute noch. Er muss unseren Bus fahren.«

»Das war euer Busfahrer? Oh, das sieht nicht gut aus. Also ich würde mich heute nicht mehr in seinen Bus setzen, selbst wenn er fahren wollte.«

Tessa unterdrückte den Drang, sie anzuschreien. Stattdessen kaute sie auf ihren Fingernägeln und starrte sie finster an.

»Keine Sorge. Die organisieren euch bestimmt einen neuen Busfahrer, der wird in ein paar Stunden da sein und übernehmen. Obwohl, es ist schon recht spät. Vielleicht habt ihr Glück und die bezahlen euch sogar eine Nacht in einem schicken Hotel.«

»Verdammt. Wir müssen heute Abend unbedingt noch nach Glasgow kommen.«

»Keine Sorge, der wird bestimmt wieder«, sagte Ellie. »Die Fähre braucht ja noch ein bisschen.«

»Niemals, du hast ihn doch gesehen. Das sah aus, als wäre er kurz davor in Ohnmacht zu fallen.« Tessa wandte sich an Ciri. »Du hättest ihn aufhalten sollen.«

Sie schaute überrascht zurück.

»Das ist doch nicht meine Schuld.«

»Du hast ihm das Zeug gegeben.«

»Weil er es probieren wollte. Aber ich kann ja nichts dafür, dass er es nicht vertragen hat.«

Tessa kniff die Augen zusammen. »Du wusstest, was passieren kann, wenn er es nicht verträgt.«

»Dass es so schlimm wird, konnte ich ja nicht wissen.«

»Und trotzdem hast du es ihm einfach gegeben.«

»Ich kann doch nicht einfach für ihn entscheiden. Wir haben alle die Freiheit, auch mal falsche Entscheidungen zu treffen.«

»Ach ja? Und wenn er dein Busfahrer wäre, und du dringend irgendwo hinmüsstest? Hättest du ihn das auch probieren lassen?«

Ciri biss sich auf die Unterlippe. Sie seufzte. »Vielleicht hätte ich ihn etwas gründlicher vorgewarnt.«

»Das glaube ich sofort«, fauchte Tessa.

»Ok, ok. Tut mir leid.« Sie zog die Schultern hoch. »Warum wollt ihr denn so dringend nach Glasgow? Ein Konzert? Eine Party?«

»Wir haben einen wichtigen Termin«, sagte Ellie. »Den dürfen wir nicht verpassen.«

»Oh, ein Termin? Sehr mysteriös.«

»Das ist kompliziert.«

Tessa schnaubte. »Eigentlich ist es überhaupt nicht kompliziert.«

Ihr war egal, dass es eigentlich zu persönlich war und niemand es erfahren sollte. Sie wollte einfach, dass die gutaussehende, sorgenfreie Frau ihr gegenüber, sich auch schlecht fühlte. Sie lehnte sich nach vorne und sprach leiser weiter.

»Wir müssen heute Abend den Zug nach Liverpool kriegen, weil ich dort morgen früh den Termin für meine Abtreibung habe.«

Ciris Augen weiteten sich. »Oh, Mist. Das tut mir leid.«

»Verdammt, und jetzt kann ich mir überlegen, wie ich aus dem letzten Geld, das wir übrighaben, einen Zaubertrick mache, mit dem ich rechtzeitig ankomme.«

Auf der anderen Seite der Lounge bewegte sich die Tür zur Herrentoilette. Ein älterer Mann steckte den Kopf heraus und rief rüber zur Bar.

»Ich denke, wir brauchen hier drinnen einen Arzt. Das sieht nicht gut aus.«

Knapp die Hälfte der Köpfe in der Lounge drehten sich zu der Stimme. Tessa seufzte nur.

»Das war's dann. Ich könnt kotzen.«

Ciri holte eine Trinkflasche aus ihrer Tasche und gab sie Tessa. »Ganz ruhig. Das wird schon. Warum fahrt ihr überhaupt durch halb Großbritannien für den Eingriff?«

»Ich bin zu weit, um es bei uns machen zu lassen. Deshalb in England.« Ihre Hand fuhr zum Bauch. »Und es muss an diesem Wochenende sein, damit zuhause niemand etwas mitkriegt. Da war der einzige Termin, den ich gefunden habe, halt in Liverpool.«

»Und da fahrt ihr extra einen Umweg über Schottland?«

»Wir haben die direkte Fähre verpasst.«

»Und ich habe Flugangst«, fügte Ellie hinzu.

Ciri schüttelte den Kopf. »Als wenn es nicht so schon schwer genug wäre, so eine Entscheidung zu treffen. Dazu auch noch solche Umstände.«

»Die Entscheidung fällt mir nicht schwer.«

»Sicher?«

Tessa bemühte sich, ihr Gesicht locker zu lassen, während Ciri sie musterte. Die Fotografin seufzte kurz, bevor sie gestand: »Für mich war das schwierig.«

Die Gespräche in den Sesselgruppen um sie herum plätscherten weiter, nur zwischen ihnen blieb es still. Selbst Atlas versteckte die Schnauze unter seinen Pfoten.

»Du hattest auch …«

Sie nickte. »Mehrmals.«

»Wieso?«

»Ich bin anscheinend sehr fruchtbar. Sobald irgendetwas schief geht«, sie schnipste mit der rechten Hand, »schwanger. Aber das ist einfach nicht, was ich will. Ich sehe in meiner Zukunft keine Kinder. Also hatte ich schon drei Eingriffe.«

»Darf man das so oft? Ist das nicht ungesund?«, fragte Ellie.

Sie schaute ein paar Augenblicke auf ihre Hände.

»Gesund ist es nicht. Mir ist es auch mit jedem Mal etwas schwerer gefallen. Aber am Ende ist es das Richtige für mich. Ich will fotografieren. Überall auf der Welt Dinge einfangen, auch wenn das unangenehme Entscheidungen verlangt.«

Sie schaute wieder auf.

»Aber noch schlimmer wäre es, wenn mir die Entscheidung von einem zusammengebrochenen Busfahrer abgenommen würde, weil ich es nicht zum Termin geschafft habe. Ich denke, ich verstehe ganz gut, wie du dich fühlst.«

Sie holte ihr Handy heraus und tippte darauf herum.

»Ich kann euch leider nicht selbst nach Glasgow bringen. Aber ich habe ein paar Freunde in der Gegend, bei denen ich Gefallen einfordern kann.«

»Es wird doch niemand ein paar Fremde spontan am Freitagabend zwei Stunden durch die Gegend fahren.«

Sie zwinkerte Tessa zu. »Da unterschätzt du mich.«

Ciri tippte auf ihrem Handy herum. Ein paar Mal stand sie auf, hielt das Handy in die Luft und ging um die Sessel herum, in der Hoffnung, dass es nur am Empfang lag, wenn jemand nicht antwortete. Immer wieder wechselte ihr Gesichtsausdruck zwischen fröhlich und genervt.

Zehn Minuten später, als Ellie schon eine Liste Vorschläge sammelte, wie sie den Busfahrer vielleicht doch noch aufputschen könnten, und am Horizont die Küste sichtbar wurde, ließ Ciri einen Jubelschrei los.

»Simon habe ich kleingekriegt, er fährt euch. Er ist ein super lieber Typ, da müsst ihr euch keine Sorgen machen.«

»Dein Ernst?«, fragte Tessa.

»Ich kann sehr überzeugend sein. Er wohnt allerdings nicht direkt in Cairnryan. Ihr müsstet ihn in einem kleinen Dorf ziemlich tief im Nirgendwo treffen.«

»Bist du sicher, dass der uns fährt und nicht einfach hängen lässt?«

»Absolut. Das schwöre ich bei meiner Kamera. Ich schreib euch auf, wo ihr ihn findet, und er bringt euch heute Abend noch nach Glasgow.«

Sie kritzelte ein paar Zeilen auf ein Blatt in ihrem Kalender. Dann riss sie die Seite raus und reichte sie Tessa. Sie schaute zur Toilette und hoffte inständig, den Zettel nicht zu brauchen.

# 20:30 – Schottland

Ein Mann in Warnweste dirigierte eifrig, welches Auto als Nächstes fahren durfte. Eins nach dem anderen verließen sie das Schiff. Nur neben dem Highland City Link Bus stand eine Gruppe hilfloser Menschen in der untergehenden Sonne und ließ sich unfreiwillig die Meeresluft ins Gesicht wehen.

Tessa lief wie eine Raubkatze vor der verschlossenen Fahrertür auf und ab. Den Zettel von Ciri fest in der Hand zusammengepresst, schaute sie immer wieder Richtung Lounge. Von dem Busfahrer gab es keine Spur. Kein Wunder, wahrscheinlich lag er in Embryohaltung auf den Fliesen in der Herrentoilette. Wenn der Bus sich heute überhaupt noch in Bewegung setzen würde, sicher nicht in den nächsten Minuten.

Das Gefühl, dass ihr die Kontrolle durch die Finger glitt, schlich sich mit jedem Atemzug ihre Wirbelsäule hinauf. Bis es überall war. Das Verhalten eines fremden Busfahrers bestimmte stärker ihr Leben als ihre eigenen Entscheidungen. Als wäre sie eine Marionette. Sie hielt es drei Minuten neben den anderen Passagieren aus. Dann hatte sie genug von Hoffen und Warten. Sie packte Atlas' Leine, stieß Ellie an und ging voraus, mit scheppernden Schritten über das lange Stahlblech an Land.

Das graue Gelände des Hafens endete nach knapp fünfzig Metern an einer offenen Schranke. Die Autos verschwanden nacheinander auf der Landstraße, während Tessa, Ellie und Atlas daneben einem Trampelpfad folgten, der sie zwischen knöchelhohem Gras zu einer maroden Bushaltestelle führte, die im Jahr wohl höchstens eine Handvoll Fahrgäste sah. Die Holzwände waren grün angelaufen und im Inneren hing ein, von der Sonne ausgeblichener Fahrplan, den man sich hätte sparen können, weil die einzige Linie hier ohnehin nur vier Mal am Tag fuhr.

Tessa prüfte den Zettel mit den Weganweisungen zu ihrer versprochenen Mitfahrgelegenheit nach Glasgow und strich den ersten Punkt durch. Dann setzte sie sich auf die muffige Sitzbank und hoffte, an dem alten Holz keinen Splitter zu kriegen.

Der Bus mit der Nummer 358, der sie ein paar Minuten später einsammelte, sah ähnlich mitgenommen aus wie die Haltestelle. Die beige Karosserie war mit angetrocknetem Dreck und Kratzern verziert, die Scheiben waren trübe und beim Öffnen kreischte die Tür. Ein dürrer Busfahrer, mit grauer Haut in einem viel zu weiten schwarzen Hemd blickte sie aus tiefliegenden Augen an, während hinter ihm klassische Musik aus dem Radio knisterte.

Tessa drückte ihm ein paar Pfundmünzen in die knochige Hand, wobei er jede so genau unter seiner Kopfleuchte kontrollierte, dass sie nicht sicher war, ob sie beleidigt sein sollte. Schließlich nickte er und winkte sie durch.

Dank der überkochenden Beliebtheit der Linie 358 war der Bus leer, bis auf zwei Plätze, auf denen ein weißhaariges Paar in Wanderkleidung saß. Tessa und Ellie setzten sich in den hinteren Teil. Sie breiteten ihre Taschen auf den Nebenplätzen aus und Atlas legte sich unter die Bank, wo er für den Rest der Fahrt döste.

Während der Bus vor sich hin vibrierte und ab und zu über ein Schlagloch hüpfte, zog im letzten Dämmerlicht die schottische Wildnis vorbei. Mit jeder Kurve färbten sich die gerade noch moosgrünen Wiesen in eine graue Masse. Nur ab und zu stach aus dem eintönigen Bild noch eine Burgruine oder eine zerfallene Kapelle hervor.

Jedes Mal, wenn die heisere Stimme des Busfahrers, verzerrt von der Sprechanlage, den Namen der nächsten Haltestelle krächzte, schaute Tessa panisch auf den Zettel mit der Wegbeschreibung.

*Auencrosh, Ballantrae, Lindelfoot, Ardwell.* Mittlerweile war die Sonne komplett verschwunden und das einsetzende Mondlicht ließ die Häuser in den einsamen Orten blass schimmern. Schließlich kratzte es *Girvan* aus den Lautsprechern, genauso wie es in der Wegbeschreibung stand. Tessa hämmerte auf den Halteknopf und ein paar Minuten später schnaufte sie beruhigt, als sie in die kühle Nachtluft ausstieg und das Ortsschild neben der Bushaltestelle las.

Während das Rattern des Busses und die roten Rücklichter am Ende der Straße verblassten, hielt Tessa ihr

Handy in die Luft. Sie schwenkte es ein paar Mal hin und her, als könnte sie die Internetverbindung wie einen Schmetterling einfangen. Dann gab sie auf und steckte es wieder ein.

»Na gut. Wir werden es auch so finden. So groß ist der Ort ja nicht.«

»Bist du dir sicher, dass hier überhaupt jemand lebt?«, fragte Ellie und zeigte auf die schwarzen Fenster, die auf beiden Seiten der Straße zu ihnen hinunter starrten. »Vielleicht ist der ganze Ort verlassen?«

Atlas zog an der Leine, bis sich die Schnur spannte, und knurrte den schwarzen Büschen zwischen zwei Häusern entgegen.

»Siehst du? Ihm ist das auch nicht geheuer. Vielleicht hat sie uns in ein Geisterkaff gelockt.«

»Blödsinn. Es ist spät und auf dem Land geht man halt früher ins Bett. Lass uns einfach die Bar suchen. Vielleicht treffen wir noch jemanden, der uns den Weg sagen kann.«

Während aus dem Gebüsch eine graue Katze mit leuchtend gelben Augen herausstolzierte und auf der anderen Seite wieder verschwand, nahm Tessa Ellie die Leine ab und ging voran. Unter dem schwächelnden Laternenlicht folgten sie dem Kopfsteinpflaster, tiefer in den Ort hinein. Das dumpfe Platschen von Ellies Sneakern hallte über die Straße, zurückgeworfen von den schwarzen Häusern, die sich mit dem Nachthimmel vermischten. Nach fünf dunklen Minuten, in denen Tessa ihr Handy als

Taschenlampe benutzte, erreichte die Straße endlich den Kern des Ortes.

Schiefe mittelalterliche Gebäude drängten sich um einen gepflasterten Platz mit eingearbeitetem Wappen in der Mitte. Nur aus zwei Fenstern brannte Licht und beim Näherkommen drängten gedämpfte Stimmen und leise Musik nach draußen. Offenbar hatten sie das Nachtleben von Girvan gefunden.

Tessa verglich ihre Wegbeschreibung mit dem Eingang zur Bar. An zwei Eisenketten schwang dort ein klapperndes Holzschild, auf dem eine grüne Hügellandschaft gemalt war, mit weißen Buchstaben darüber.

»Ha, das ist es. Meadows Inn. Ich sag doch, wir finden es.«

»Viel mehr gibt es hier auch nicht. Hätten wir ja kaum übersehen können. Glaubst du wirklich, dass wir den Typen da drin finden? Und, dass er noch fahren kann?«

»Klar. Bis hier hin hat die Wegbeschreibung gepasst. Warum sollte es ausgerechnet jetzt scheitern?«

Tessa ignorierte das flaue Gefühl in ihrem Magen. Einen anderen Weg würden sie jetzt nicht mehr finden. Sie ging die fünf Stufen hinunter und öffnete die Tür.

Eine Wand aus grauem Dunst und tiefen Stimmen schlug ihr entgegen. Sie blinzelte mehrmals, bis sich die Augen endlich an den dichten Zigarettenrauch gewöhnten, und eine Kneipe erkennbar wurde, deren Besitzer offenbar einer großen Liebe für Haushaltsauflösungen verfallen war.

Die mit Karomustern gepolsterten Stühle, die robusten Tische und die geblümten Lampenschirme waren zwar für sich alle absolut scheußlich und hatten ihre beste Zeit lange hinter sich, aber zusammen schufen sie eine perfekte Hommage an Wohnzimmer der fünfziger Jahre.

Ein Dutzend Männer und zwei Frauen saßen verteilt in dem Raum. Die meisten in Gespräche vertieft oder mit dem Blick gebannt auf den Fernseher über der Bar, wo eine Wiederholung eines Fußballspiels einer lange zurückliegenden Weltmeisterschaft lief.

Kaum dass hinter Tessa und Ellie die Tür zufiel, verstummten die Gespräche. Der Barmann stoppte den Zapfhahn und alle starrten auf den Eingang, als wäre gerade jemand eingebrochen. Selbst die beiden Männer, die eben noch die Dartscheibe beschimpft hatten, musterten plötzlich die Eindringlinge.

Während Ellie erstarrte, hob Tessa die Hand und grüßte einmal leise in den Raum. Die Einheimischen nickten zufrieden und machten weiter, wo sie aufgehört hatten. Nur der Barmann schaute immer noch seine neuen Gäste an, während er das Bier zu Ende zapfte.

»Was darf's sein?«

»Vielen Dank, wir suchen eigentlich nur jemanden.« Tessa ging an den karamellfarbenen Tresen und las den Namen von dem Zettel ab. »Wissen Sie, ob hier ein Simon Morrison ist?«

»Kommt nicht oft vor, dass hier fremde Gäste auftauchen.«

Der Barmann hob eine seiner buschigen Augenbrauen und lehnte sich nach vorne, sodass seine Schürze in einen nassen Fleck auf dem Tresen hing. »Was wollt ihr von Simon?«

»Eine gemeinsame Freundin hat ausgemacht, dass er uns nach Glasgow fährt.«

»So, so.«

»Also« fügte Tessa hinzu. »Ist er hier?«

Er beäugte sie einen unangenehmen Moment und nickte zur Seite, zu einem kleinen Tisch mit verschnörkelten Beinen, an dem zwei Männer saßen. Der eine war einen ganzen Kopf größer mit kantigem Gesicht und trug ein Flanellhemd, das Mühe hatte, an seinen Armen nicht aus den Nähten zu platzen. Daneben saß ein blasser Typ mit einer Jeansjacke und kurzen schwarzen Haaren, der dem Großen auf die Schulter klopfte.

»Ist das denn wirklich so überraschend?«, sagte der Kleinere. »Denk mal drüber nach. Sie hat sowieso immer nur von irgendwelchen Handtaschen, Reisen oder Diamantohrringen geträumt. Ich glaube, ich habe sie nie über irgendwas anderes reden gehört. Völlig besessen.«

»Sie mag halt schöne Sachen.«

Der Große griff nach seinem Bier. Das Glas erinnerte in seinen gewaltigen Händen eher an ein Reagenzglas. Genauso schnell trank er es auch aus und knallte es zurück zu den restlichen leeren Gläsern auf dem Tisch. Tessa blieb vor ihnen stehen, aber die beiden bemerkten sie nicht.

»Ich dachte, dass das mit der Zeit vielleicht nachlassen würde.«

»Ja klar, man will halt das Gute sehen. Dabei macht man sich leicht etwas vor. Tief drinnen ist sie einfach jemand anderes, als du gedacht hast. Und besser du hast es jetzt rausgefunden als erst nach ein paar verlorenen Jahren.«

Tessa räusperte sich laut und die beiden schauten zu ihr auf.

»Entschuldigung. Ist einer von euch Simon?«

Der Kleinere antwortete. »Ihr seid die beiden, die nach Glasgow müssen, oder?«

»Genau.«

»Schön euch kennenzulernen. Ich bin Simon. Wir können uns gleich auf den Weg machen.«

»Danke, aber …« Ellie zeigte auf die Biergläser vor ihm. »Kannst du überhaupt noch fahren?«

»Keine Sorge, die sind alle von Bram hier. Der Arme hat heute einen schwierigen Tag. Seine Freundin ist abgehauen.«

Bram schnaubte und wischte sich übers Gesicht. »Einfach weg. Nach Mailand. Will ein besseres Leben, sagt sie.«

»Oh … das tut mir sehr leid. Ich hoffe, es geht Ihnen bald wieder besser.«

Bram schniefte. »Was soll denn an unserem Leben schlecht sein?«

»Würde es euch was ausmachen, noch ein paar Minuten zu warten, bevor wir losfahren?«, fragte Simon.

»Nee, nee. Fahr ruhig. Ich komme schon klar.«

»Sicher?«

»Bisschen Zeit zum Nachdenken. Vielleicht fällt mir ein, was ich falsch gemacht habe. Dann passiert mir das in Zukunft nicht mehr.«

»Ach komm. Sie hat einfach nicht zu dir gepasst, das ist alles. Jetzt tut es zwar weh, aber eigentlich bist du so besser dran. Du bist ein anständiger kräftiger Kerl. Du findest im Handumdrehen eine Frau, die dich zu schätzen weiß. Oder was meint ihr?«

Tessa und Ellie nickten zurückhaltend.

»Siehst du«, sagte Simon. »Das wird schon. In ein paar Monaten bist du wieder voll in der Spur und findest du eine Frau, die wirklich bei dir leben will. Die zu dir und der Gegend hier passt und nicht bei jedem Sportwagen den Kopf verdreht.« Er boxte Bram gegen die Schulter. »Dann lacht auch keiner mehr über dich.«

Bram drehte den Kopf. Zwischen seinen Augenbrauen bildete sich eine tiefe Falte.

»Lachen? Wer hat über mich gelacht?«

»Hab ich lachen gesagt? Mein Fehler, ich meinte …« Simon guckte in der Bar umher. »Sorgen gemacht.«

Bram knurrte und lehnte sich weiter nach vorne. Die Tischplatte knarrte unter seinem Gewicht.

»Blödsinn. Wer hat über mich gelacht? Wann?«

»Ich weiß nicht mehr genau. Lange her. Ich war auch gar nicht selbst dabei. Wozu schlafende Hunde wecken, nicht wahr?« Simon schob den Stuhl zurück und stand auf. »Wir sollten wirklich langsam losfahren, oder?«

Bram packte ihn an seiner Jacke und zog ihn mit einem Ruck wieder zurück auf den Stuhl.

»Du sagst mit jetzt sofort, wer wann über mich gelacht hat.«

»Ist ja gut. Aber zieh mich da nicht mit rein.« Bram ließ los. »Das war im März. Als sie das Wochenende verschwunden ist und plötzlich wieder aufgetaucht ist, mit gefärbten Haaren und neuen Outfits.«

Bei der Erinnerung flog ein kurzer Schimmer Trauer über Brams kantiges Gesicht. Dann kam genauso schnell die Wut zurück. »Und was soll daran lustig sein?«

»Ein paar der Jungs haben darüber Witze gemacht, was sie in dem Outfit wohl alles so erlebt hat. Und, dass du davon nichts merkst. Zwing mich nicht, das wörtlich zu wiederholen.«

»Wer?«, knurrte Bram.

Simon kniff die Augen zusammen, und hob verteidigend die Hände.

»Die Ferguson-Brüder.«

Bram schnaufte und stand auf. Sein Blick schweifte durch die Bar, bis er bei der Dartscheibe hängen blieb.

»Archie«, brüllte er und marschierte los. »Was hast du über mich gesagt?«

Der Ferguson-Bruder baute sich vor der Dartscheibe auf und funkelte Bram an. Tessa und Ellie starrten völlig entsetzt zu, wie ein paar andere Männer dazwischen sprangen und sich gegen Bram stemmten. Simon war währenddessen aufgestanden und schob Tessa und Ellie zum Ausgang. Vorbei an dem Aufstand.

»Wir sollten besser los. Das wird gleich ungemütlich.«

# Auf dem Weg nach Glasgow

Das Auto glitt durch die schlafende Landschaft, zwischen dunklen Hügeln hindurch und vorbei an Wiesen, die sich kaum vom Nachthimmel unterscheiden ließen. An der eintönigen Landschaft ließ sich nicht richtig sagen, ob sie überhaupt vorwärtskamen. Nur die Straßenpfeiler, die wie ein Herzschlag alle paar Sekunden im Scheinwerferlicht aufleuchteten, bewiesen, dass sie sich bewegten.

Simon presste immer wieder auf den Radioknopf. Jedes Mal kam eine andere Art von Rauschen aus den Boxen. Nur keine Musik. Nach ein paar Versuchen gab er auf und haute frustriert auf das Armaturenbrett.

»Tut mir leid, aber die Kiste ist halt nicht mehr die jüngste.«

»Macht mir nichts«, rief Ellie von der Rückbank, setzte sich ihre Kopfhörer rein und lehnte den Kopf an die Fensterscheibe. Atlas lag mit halbgeschlossenen Augen daneben. Nur Tessa saß hellwach vorne und starrte auf die Fahrbahn. Bis ihr die Stille zu unangenehm wurde.

»Vielen Dank, dass du uns fährst. Ich hoffe, das ist kein allzu großer Aufwand.«

Simon winkte ab. »Keine Sorge. Ich wollte morgen sowieso nach Glasgow. Bin ich halt ein paar Stunden früher da. Meine Freundin freut sich. Und was ist mit euch? Warum müsst ihr heute noch so dringend dahin?«

»Glasgow ist gar nicht unser Ziel. Wir nehmen noch den Zug. Ich muss dringend morgen früh in Liverpool sein.«

Er zog die Augenbrauen hoch. »Es muss doch einfachere Wege geben, um nach Liverpool zu kommen.«

»Das war so nicht geplant. Wir sind seit knapp sieben Stunden unterwegs.« Tessa schnaufte. »Eigentlich ein Wunder, wenn wir es noch schaffen.«

»In Liverpool muss ja etwas wirklich Wichtiges auf euch warten, wenn ihr sowas auf euch nehmt.«

»Kann man so sagen.«

Mehrere Straßenpfeiler zogen vorbei. Tessa suchte nach einem Thema, um die Stille zu überbrücken, aber Simon kam ihr zuvor.

»Ist es ein Geheimnis, was ihr dort macht?«

»Ja, eigentlich schon.«

»Hauptsache, ich gerate nicht in irgendwas Illegales rein.«

Tessa schaute auf ihre Hände. Was ursprünglich ein Geheimnis bleiben sollte, wusste mittlerweile eine ganze Reihe Menschen. Was machte einer mehr da für einen Unterschied? Außerdem fuhr Simon sie mitten in der Nacht, aus reiner Nettigkeit, durch Schottland. Er sollte doch zumindest wissen, wie wertvoll seine Hilfe war. So viel war sie ihm vermutlich schuldig.

»Nein, nichts Illegales. Zumindest nicht in England.« Sie zog die Schultern hoch. »Es geht um einen Schwangerschaftsabbruch.«

Ein Pfeiler zog am Fenster vorbei. Dann ein zweiter und ein dritter. Schließlich antwortete er.

»Oh. Das klingt tatsächlich … dringend. Ich hoffe, alles wird gut.«

»Ich auch.«

»Und dafür musst du extra nach Liverpool?«

»Der einzige Termin, der gepasst hat, war dort. Ich wollte eigentlich nur schnell den Eingriff hinter mich bringen, zurück nach Hause und mein Leben da wieder aufnehmen, wo es mir vor einer Woche aus den Händen gerissen wurde.«

»Dann musst du dir ja ziemlich sicher sein, dass du den Abbruch machen willst. Wenn du das alles so schnell durchziehst.«

»Zu überlegen gab es da nicht viel. Wenn ich es nicht so mache, muss ich alles aufgeben, was ich für die Zukunft geplant habe. Dann muss ich mich in ein anderes Leben zwängen. Das kann man nicht wirklich eine Wahl nennen.«

»Du hast ein ziemlich genaues Bild von deinem Leben, oder?«

»Natürlich. Ich will nicht danebenstehen und zuschauen, wie alles an mir vorbeizieht.«

»Muss man denn alles fest planen? Aus unerwarteten Überraschungen können sich auch positive Dinge entwickeln.«

Tessa zog eine Augenbraue hoch. »Bezieht sich das auch auf Abtreibungen? Wärst du denn bereit, mit deiner

Freundin plötzlich ein Kind zu kriegen? Egal, was ihr geplant habt oder ob ihr bereit seid?«

Simon schaute geradeaus auf die Fahrbahn. Er klopfte mit den Daumen leise auf das Lenkrad. Falten zogen über seine Stirn.

»Ich bin da wahrscheinlich ein Sonderfall.«

»Wieso das?«

Er seufzte. Wieder zogen die Straßenpfeiler still vorbei. »Ich sollte eigentlich abgetrieben werden.«

Tessa riss die Augen auf. »Wie jetzt?«

»Meine Mutter hatte damals einen Schwangerschaftsabbruch.« Er zuckte mit den Schultern. »Und als sie zur Kontrolle gegangen ist, war ich immer noch da. Danach hat sie sich entschlossen, mich zu behalten.«

»Ich wusste nicht, dass das schiefgehen kann.«

»Selten, aber kann passieren. Bei etwas mehr als einem Prozent der Abbrüche gibt es Komplikationen. Und bei einem kleinen Teil davon ist der Embryo immer noch da. Nicht häufig sowas, aber höhere Chancen als im Lotto zu gewinnen.«

Tessa lief es kalt den Rücken herunter.

»Wie furchtbar, sowas über sich selbst zu wissen. Und deshalb bist du gegen Abtreibungen?«

»Ich bin nicht grundsätzlich dagegen. Ich bin kein Fanatiker oder so was. Ich würde da einfach offen sein und das nicht grundlos als Weltuntergang ansehen. Meine Mutter hat es auch hingekriegt. Wir waren eine glückliche Familie, mir hat es an nichts gefehlt, und nebenbei hat sie es geschafft, ihr eigenes Café zu eröffnen. Und wenn sie das geschafft hat, können andere das auch.«

Er lächelte breit. Seine Augen strahlten. Tessa hätte ihm am liebsten geglaubt, dass alles gut werden würde. Egal, wie sie sich entschied.

»Freut mich, dass das so ausgegangen ist für euch … aber es gibt auch tausende unglückliche Familien überall. Das Risiko brauche ich nicht. Schon gar nicht, ohne es mir ausgesucht zu haben. Da bleibe ich lieber bei meinem Leben.«

»Geht das denn?«, fragte Simon. »Einfach wieder zurück ins Leben wie vorher? Du bist schließlich nicht mehr derselbe Mensch. Klar, du kannst die Schwangerschaft beenden lassen, nur das ändert nichts daran, dass du ein Mensch bist, der schwanger war. Diesen Teil deiner Persönlichkeit, deine Entscheidung, das kannst du nicht mehr abgeben.«

»Damit kann ich leben.« Tessa wich seinem Blick aus und starrte auf die Fahrbahn. »Wenn das der Preis ist, damit ich nach London zur Uni gehen kann, ist das halt so.«

»Darum geht es dir bei dem Abbruch?«

»Ja. Wenn meine Eltern davon erfahren, werden sie mich nicht das studieren lassen, was ich wirklich will.«

»Du machst das also indirekt wegen deinen Eltern?«

Der Gurt drückte sich unangenehm eng um Tessas Körper. Der harte Stoff presste in ihre Schulter. Sie rutschte auf dem Sitz hin und her, um sich Platz zu verschaffen. Für sich und ihre Gedanken.

»Könnte man sagen.«

»Damit gibst du doch eigentlich nur dem äußeren Druck nach. Sie haben dich vielleicht nicht dazu aufgefordert, aber du machst es trotzdem wegen deinen Eltern. So eine Entscheidung sollte man nicht von außen aufgezwungen bekommen.« Er tippte sich mit dem Finger auf die Brust. »Das muss von innen kommen. Sonst wirst du es vielleicht irgendwann bereuen.«

Tessa schaute auf die Fahrbahn. Sekundenlang suchte sie in der vorbeiziehenden dunklen Masse vergeblich nach einer Antwort. Bis Simon weitersprach.

»Und was ist, wenn du fertig studiert hast? Klar, in den nächsten Jahren im Studium passt ein Kind nicht in das Bild von deinem Leben rein. Nur was ist in zehn oder fünfzehn Jahren? Wie siehst du dich da? Bei einer Entscheidung, die dein ganzes Leben betrifft, solltest du nicht nur auf die nächsten drei Jahre schauen, sondern aufs Gesamtbild.«

»Ja … Klingt einleuchtend.«

Plötzlich zog es von hinten an Tessas Sitz.

»O mein Gott.« Ellies Kopf kam in der Mitte der beiden Sitze nach vorne geschossen. »Du wirst nicht glauben, was ich gerade gefunden habe. Hör dir das an.«

Sie drückte Tessa ihre Kopfhörer entgegen. Vorsichtig steckte sie die beiden Stöpsel ein. Waldgeräusche. Statt Musik hatte Ellie ihr Entspannungsgeräusche auf die Ohren gedrückt.

Eine ganze Minute schloss Tessa die Augen und lauschte dem Wind durch die Blätter pusten, während Vögel im Hintergrund um die Wette riefen. Nacheinander entwirrten sich in ihrem Kopf die Argumente und Gedanken, bis sie sich wieder klar fühlte. Dann nahm sie die Kopfhörer raus und hörte, dass Ellie und Simon mittlerweile über das Nachtleben in Glasgow redeten.

# 22:50 – Glasgow

Tessa warf die Autotür zu und schaute hinterher, wie Simon mit seinem Wagen in der überfüllten Innenstadt Glasgows verschwand. Von der einschläfernden Ruhe auf dem Land war nichts mehr übrig. In alle Richtungen reihten sich Bars und Restaurants, belagert von feierwütigen Gruppen, die fest darauf aus waren, die Qualen der Arbeitswoche hinter sich zu lassen. Während Tessa einen Moment das Geschrei ausblendete, um die viktorianischen Gebäude zu verinnerlichen, drängten sich drei stark geschminkte Frauen vorbei, die auf ihren High Heels gefährlich wackelten und eine Wolke klebrig süßen Parfüms hinter sich herzogen.

Nach fünf Minuten Fußweg, in denen Atlas zwei Mal versuchte, Essenreste aus dem Bordstein zu erobern und Ellie schockiert den Kopf wegdrehte, als sich ein Paar in einem Hauseingang gegenseitig ableckte, ließen sie die Bars endlich hinter sich und erreichten den Bahnhof. Ein großer Klotz mit riesigen Fenstern, der um diese Uhrzeit mehr von Tauben als Menschen besucht wurde, wartete am Ende einer breiten Treppe.

Oben angekommen stützte Tessa sich auf die Knie und atmete schwer. Sie checkte einmal die Uhrzeit, aber den Zug würden sie locker schaffen. Laut der Anzeigetafel fuhren sowieso nur noch drei Züge und vor dem Fahrkartenschalter stand keine Schlange. Die Mitarbeiterin dort lächelte ihnen entgegen, als würde ihr nichts auf der Welt mehr Freude bereiten als am Freitagabend Fahrkarten zu verkaufen.

»Wie kann ich Ihnen helfen?«

Tessa zeigte mit dem Finger auf die Anzeigetafel. »Wir brauchen zwei Tickets für den Nachtzug nach Liverpool.«

»Sehr gerne.«

Die Tastatur klapperte und Tessa zählte ihre verbliebenen Pfundscheine. Das Lächeln der Frau bröckelte für einen Moment.

»Oh. Das ist ja komisch. Der Zug hat kaum noch freie Plätze.«

Tessas Organe zogen sich zusammen. »Aber es gibt noch welche?«

»Ja, allerdings nur in der ersten Klasse. Die zweite Klasse ist komplett belegt. Ist das in Ordnung?«

»Wir haben ja keine andere Wahl, vermute ich.«

Die Frau nickte verständnisvoll. »Das macht zusammen einhundertachtzig Pfund.«

Tessa hustete. Sie zählte ihr restliches Geld. Einmal. Noch ein zweites und drittes Mal. Es war einfach nicht genug. Tessa zerknüllte die Scheine.

»Ehm, wir ... wir brauchen kurz einen Moment.«

Die Frau nickte. »Selbstverständlich. Ich laufe nicht weg.«

Tessa zog Ellie beiseite.

»Was ist denn?«

»Verdammt, das Geld reicht nicht.«

»Was? Nicht dein Ernst?«

»Das Taxi, die Fährtickets. Das hat alles zu viel gekostet. Wenn wir jetzt die Erste-Klasse-Tickets holen, hab ich nicht mehr genug für den Arzt.«

»O Gott. Müssen wir wieder irgendeinen anderen Weg finden?« Ellie zeigte auf die riesige Uhr neben der Tafel, auf der es keine Zugverbindungen mehr gab. »Langsam wird es nämlich ziemlich knapp.«

»Keine Ahnung. Normale Tickets wären ja kein Problem, dafür haben wir genug Geld.«

Tessa starrte auf die Anzeigentafel, als könnte jederzeit auf magische Art eine neue Verbindung auftauchen. Aber da rührte sich nichts. Die einzige Hoffnung war, dass ihr Handy vielleicht eine neue Strecke raussuchen konnte. Sie steckte die zerknitterten Scheine zurück in den Geldbeutel. Dabei streifte ihr Blick über die goldene Notfallkreditkarte ihrer Eltern. Zwischen ihrem Personalausweis und der Stempelkarte aus dem Eiscafé lächelte sie ihr zu. Noch nie war sie im Leben so tief gefallen, dass sie darauf zurückgreifen musste, auch wenn ihre Eltern sie immer wieder daran erinnerten. Nicht mal, als sie auf der Klassenfahrt die Isomatte vergessen und eine Woche mit Rückenschmerzen im Zelt gefroren hatte. Die Notfallkarte zu benutzen, wäre immer das Eingeständnis, dass sie gescheitert war. Dass sie es alleine nicht schaffte. Aber jetzt war eindeutig ein Notfall. Nur halt leider einer, von dem unter keinen Umständen ihre Eltern erfahren sollten. Tessa zog die Karte heraus.

»Damit könnte ich bezahlen.«

»Die Notkarte?«

Sie nickte.

»Kriegen die das nicht mit?«

»Bestimmt. Keine Ahnung wie schnell sowas geht. Spätestens, wenn sie online auf das Konto gucken. Und dann kann ich beten, dass mir bis dahin eine gute Ausrede eingefallen ist, sonst war eh alles umsonst.« Sie seufzte. »Oder weißt du was Besseres? Wenn wir nicht fahren, werden sie es schließlich auch erfahren.«

Wie ein Präsident auf seinen Atomknopf, starrte Tessa auf das kleine Stück Plastik. Danach gab es kein Zurück mehr. Eine einfache Lösung, deren Konsequenzen niemand vorhersagen konnte. Dass Ellie sie dabei anschaute, bekam sie nur im Augenwinkel mit.

»Einen anderen Weg wüsste vielleicht ich noch«, sagte ihre beste Freundin.

»Ja?«

»Du kannst alleine fahren.«

Tessa legte den Kopf schief. »Wovon redest du?«

»Für ein einzelnes Erste-Klasse-Ticket reicht das Geld, das kannst du nehmen. Dann bist du morgen früh rechtzeitig da. Du lässt mir einfach ein paar Pfund hier und ich nehme im nächsten Zug ein normales Ticket oder einen Bus. Ich muss ja nur rechtzeitig in Liverpool sein, damit wir die Fähre nach Hause kriegen.«

»Der nächste Zug? Der ist erst irgendwann um vier Uhr. Willst du hier im Bahnhof sitzen? Oder die ganze Nacht alleine durch Glasgow streunen?«

»Das krieg ich schon hin.«

Ellie schaute durch die Fenster Richtung Innenstadt, wo es in den Straßen hell leuchtete, damit die Betrunkenen ihren Weg finden konnten, wenn sie von einer Bar zur nächsten pilgerten. Ihre Halsmuskeln spannten sich sichtbar an. Sie verschränkte die Arme vor der Brust und lächelte Tessa zu.

»Vielleicht gehe ich einfach was trinken oder so. Ich komme klar. Wir treffen uns einfach morgen Mittag in Liverpool wieder und fahren zusammen zurück.«

Tessa schaute zwischen der Kreditkarte und Ellie hin und her. Riskieren, dass der Weg umsonst war und ihre Zukunft ihr durch die Finger glitt, oder ihre Freundin in einer fremden Stadt sich selbst überlassen. Schwierig war die Entscheidung eigentlich nicht. Nur sehr unangenehm.

Sie atmete tief durch. Dann schüttelte sie den Kopf.

»Blödsinn. Ich nehme die Karte. Mir wird schon irgendeine Ausrede einfallen, warum ich unbedingt nachts mit der Karte zwei Zugtickets kaufen musste.«

»Sicher?«

»Klar.« Tessa grinste. »Wenn dir hier irgendwas passiert, hab ich ja nur noch mehr Probleme.«

Ellie lachte, aber die Erleichterung war ihr deutlich anzusehen.

# Zwei Stunden vor Liverpool

Nach der ersten Stunde Fahrt war Tessa sicher. In der Hölle musste man im Sitzen schlafen. Auf einem mies gepolsterten Sessel, der mit voller Absicht so geformt war, dass er in jeder Position an mindestens einer Stelle drückte.

In der ersten Klasse hätte man wohl etwas mehr Komfort erwarten können. Und als ob der Sitz nicht nervig genug wäre, kamen noch das Brummen des Zuges und die Schnappatmung der anderen Passagiere dazu. Und selbst wenn Tessa es kurzzeitig schaffte einzuschlafen, wurde sie ein paar Minuten später sowieso wieder geweckt, weil der Zug an irgendeinem finsteren Bahnsteig hielt, wo niemand wartete und auch niemand aussteigen wollte. Aber immerhin schliefen Ellie und Atlas friedlich, während sie sich hin und her wälzte.

Nach der endlosen Nacht war sie beinahe froh darüber, als es draußen dämmerte. Die Müdigkeit ließ etwas nach und wurde stattdessen von einer einhüllenden Konzentrationslosigkeit abgelöst. Als hätte Tessa einen Helm aufgesetzt, der ihre Sinne dämpfte.

Auf der engen Zugtoilette wusch sie sich notdürftig das Gesicht, putzte die Zähne und drückte sich anschließend im kalten Spiegellicht auf den fingerbreiten Augenringen herum, wobei sie sich einredete, dass es davon besser wurde. Hoffentlich würden die in der Klinik nicht irgendwelche Sorgen haben, dass sie nicht fit genug für den Eingriff wäre. Deutliche Anzeichen von Stress mussten bei den Frauen dort doch normal sein. Wenn eine gut gelaunt und mit strahlender Haut dort auftauchte, das wäre eher verdächtig. Mit der konnte irgendwas nicht stimmen. Bei dem Gedanken wischte eine Welle Entspannung durch Tessas Körper. Sie kniff sich in die Wange. Aber sie träumte nicht. Sie war tatsächlich auf dem Weg nach Liverpool. Trotz allem, was passiert war, würde sie rechtzeitig ankommen.

»Du siehst ja furchtbar aus«, sagte Ellie, als Tessa zurück zu ihren Plätzen kam.

»Du hast aber auch schon bessere Tage gehabt.«

Nur Atlas schien völlig unbeeindruckt von dem Trip. Er stand auf seinem Sitz und verfolgte mit wedelndem Schwanz wie die Landschaft am Fenster vorbeizog.

Ellie stand auf. »Frühstück?«

»Das wäre super.«

»Was willst du?«

»Irgendwas mit viel Zucker und Koffein.«

»Alles klar.« Sie streichelte Atlas hinter den Ohren. »Und für dich finde ich da bestimmt auch etwas.«

Ellie verschwand durch die automatische Tür und Tessa lehnte den Kopf an die Scheibe. Das gleichmäßige Brummen vibrierte durch ihren Körper. Sie hatte fast das Gefühl, sie könnte doch noch ein paar Minuten schlafen.

Da schoss ein schrilles Summen, wie bei einer Zahnarztbehandlung, durch den Zug. Tessa schreckte auf.

Ihr Handy vibrierte aggressiv über den Tisch. Auf dem Display stand in weißen Buchstaben ein Name, den sie um diese Uhrzeit nie im Leben erwartet hätte. Linus.

»Hast du das Haus abgebrannt? Warum bist du schon wach?«, fragte sie.

»Ich frag mich eher, was du verbockt hast.« Seine Stimme war heiser, als wäre er auf einem Konzert gewesen. »Ich wollte gerade schlafen gehen, da hat Mama hier Telefonterror gemacht. Irgendwas wegen einer Kreditkarte und ob bei uns alles in Ordnung ist.«

Tessa fluchte leise und biss sich auf den Daumen.

»Was hast du ihr gesagt?«

»Dass alles wie immer ist und, dass du nicht da bist.«

»O Mann, hättest du nicht sagen können, dass ich schlafe?«

»Es ist ja wohl nett genug, dass ich dich vorwarne. Soll ich auch noch für dich lügen? Du solltest mal an deiner Einstellung arbeiten.«

»Ist ja gut. Danke für den Anruf.«

»Geht doch. Also, alles in Ordnung bei dir?«

»Alles gut. Ich hab nur etwas Geld gebraucht und dafür die Karte benutzt.«

»Na hoffentlich hast du einen guten Grund, wenn sie dich gleich anruft.«

»Ich lass mir was einfallen. Bis später.«

Tessa legte das Handy auf den Tisch und starrte auf das schwarze Display. Jede Sekunde mit dem Aufpoppen des Anrufs rechnend, ratterte sie in ihrem Kopf alle möglichen Ausreden durch. Irgendetwas nicht so gravierendes, was aber trotzdem erklärt, warum sie Zugtickets brauchte. Um elf Uhr abends. In einem anderen Land.

Während Tessa grübelte, setzte sich Ellie wieder und schob einen großen Plastikbecher über den Tisch. Der Kaffee war bedeckt von einer dicken Sahnehaube, an der Schokosirup wie Gebirgsbäche hinunterlief. Für sich selbst hatte sie eine giftig aussehende Flasche Energydrink geholt und für Atlas Wasser, das sie in eine Schüssel goss.

»Mit dem Zeug fühle ich mich direkt wieder wie vor der Abschlussprüfung.«

Tessa griff, ohne aufzuschauen, nach dem Becher und schlurfte am Strohhalm.

»Was ist los? Geht's dir gut?«

Sie schüttelte den Kopf. »Meine Mutter hat gemerkt, dass ich die Karte benutzt habe und bei meinem Bruder angerufen. Kann jeden Moment so weit sein, dass sie sich meldet.«

Ellie setzte die Flasche ab und verzog das Gesicht. »Und was erzählst du ihr?«

»Keine Ahnung.«

Das Handy vibrierte wieder.

»Oh, oh«, sagte Ellie, stellte ihre Flasche ab und stand wieder auf. »Ich glaube, ich geh auf Toilette.«

»Lass mich nicht alleine, du Feigling.«

Aber Ellie war schon weg und das Handy schrie immer noch um Aufmerksamkeit. Tessa holte tief Luft. Dann drückte sie den grünen Hörer.

»Hallo?«

»Ah, du lebst noch. Na, Gott sei Dank.«

»Keine Sorge. Bei mir ist alles in Ordnung.«

»Und wieso erfahre ich von deinem Bruder, dass du irgendwohin verschwunden bist? Und dann wird auch noch von der Notfallkarte abgebucht. Was daran klingt denn bitte in Ordnung?«

»Ich hatte nur ein Problem mit …«

»Und warum ist deine Verbindung so schlecht? Wo treibst du dich verdammt nochmal rum?«

»Ich bin im Zug.«

»Im Zug? Was für ein Zug?«

»Ellie und ich haben beschlossen, übers Wochenende einen Ausflug nach Schottland zu machen.«

»Bitte was? Und da denkst du nicht dran, uns Bescheid zu sagen?«

Tessa rollte mit den Augen. »Vielleicht ist es euch ja entfallen, aber ich bin volljährig. Ich kann hinfahren, wo ich möchte.«

»Ach? So selbstständig und trotzdem musst du auf die Notfallkarte zurückgreifen?«

»Meine normale Karte ging einfach nicht. Keine Ahnung warum. Also hab ich die andere versucht. Irgendwie musste ich die Tickets ja bezahlen.«

»Na gut.« Ihre Mutter seufzte. »Und wegen so etwas muss ich mir Sorgen machen, nur weil du nichts erzählst. Denk auch mal an die anderen. Wäre es zu viel verlangt, dass du eine kurze Nachricht schickst, wenn du die Karte benutzt hast?«

Tessa suchte nach einer passenden Antwort, bei der sie nicht wie ein Kleinkind klang.

»Wenn du nicht so —«

Plötzlich schepperte die Blechschüssel gegen ihren Arm. Atlas stellte die Pfoten auf den Tisch und winselte. Tessa schüttelte den Kopf.

»Wenn ich nicht was?«, kam es aus dem Handy.

»Immer so gestresst wärst. Nur weil du mal nicht alles unter Kontrolle hast.«

»Es geht hier nicht um Kontrolle, sondern um dein mangelndes Verantwortungsbewusstsein.«

Atlas stieß mit der nassen Schnauze wieder gegen das leere Gefäß und schaute sie mit großen Augen an. Tessa seufzte, griff nach der Flasche vor ihr und füllte die Schale bis zum Rand. Atlas stürzte sich sofort darauf.

»Ein Wochenende wegzufahren ist nicht verantwortungslos.«

»Einfach so zu verschwinden ist es aber. Niemand weiß, wo du bist. Wenn dir irgendwas passiert wäre, hätten wir es niemals erfahren. Ist das so schwer, so etwas zu erzählen?«

Plötzlich sah Tessa vor sich einen Weg, wie sie aus diesem Gespräch unbeschadet herauskam. In Gedanken entschuldigte sie sich bei ihrem Bruder. Das hatte er nicht verdient. Aber mit einem Waldbrand ließ sich am besten von einem Lagerfeuer ablenken.

»Natürlich hab ich Linus gesagt, wo ich hinfahre. Wenn er nicht so sehr damit beschäftigt wäre, mit seinen Partys das Haus zu zerlegen, könnte er sich vielleicht sogar merken, was man ihm erzählt.«

»Wie bitte?«

»Klar. Gestern Nachmittag waren haufenweise Leute da. Laute Musik, überall Bierdosen. Ich musste Atlas mitnehmen, damit er da nicht verwahrlost.«

»Ich…das…den knöpfe ich mir vor.«

Es piepte und das Gespräch war so schnell vorbei, wie es angefangen hatte. Tessa schnaufte und rutschte auf ihrem Sitz nach unten. Ein paar Minuten betrachtete sie noch ihr Handy, aber ihre Mutter schien kein Bedürfnis zu haben mit ihr weiter zu streiten.

Ellie kam zurück. Mit einer Tüte Lakritz fiel sie auf ihren Sitz.

»Wie ist es gelaufen?«

»War in Ordnung. Sie hat nicht hinterfragt, warum wir hier sind. Hat sich zu sehr aufgeregt, dass ich so verantwortungslos bin.«

»Das klingt nicht so gut.«

»Bis Sonntag hat sie sich bestimmt beruhigt.«

Ellie nickte und griff nach ihrer Flasche. Dann stockte sie. »Hey! Warum trinkst du meinen Energydrink?«

»Hab ich nicht.«

»Und warum ist der fast leer?«

Tessa zog eine Augenbraue hoch. Sie wartete, dass noch ein Witz kommt. Stattdessen sah sie die volle Wasserflasche daneben und zuckte zusammen.

»O Mist. Ich hab nicht drauf geachtet.«

Sie griff nach der Schüssel vor Atlas, aber der schleckte bereits die letzten Reste auf.

»Du hast ihm mein Trinken gegeben?«

»War ein Versehen. Wie viel Koffein ist in dem Zeug?«

Ellie las das Etikett. »Ziemlich viel, darum hab ich es ja geholt. Wieso? Ist das schlimm?«

»Das ist giftig für Hunde.«

Tessa streichelte ihm über den Kopf. Er leckte ihr mit wedelndem Schwanz über die Hand.

»Wie giftig?«, fragte Ellie. »Durchfall und Kotzen? Oder so richtig?«

»Keine Ahnung, ich bin ja kein Tierarzt. Hängt bestimmt von der Menge ab.«

»O nein. Das ist nicht gut. Ich kriege ja manchmal schon Herzrasen von dem Zeug. Und Atlas ist echt klein.«

»Ich weiß. Verdammt.«

Tessa nahm ihn auf den Schoss und drückte ihn an sich. Sie kaute auf ihrer Lippe herum. Dass er irgendwas etwas Giftiges herunterschlang, passte einfach zu ihm. Dass es jetzt ihre eigene Schuld war, war allerdings unverzeihlich. Nur weil sie diesen ganzen Stress zu sehr an sich heranließ. Sie holte ihr Handy raus und begann zu suchen.

# 08:10 – In Liverpool

Als sie in Liverpool aus dem Zug stiegen, wachte der Bahnhof gerade auf. Die Sonne kämpfte sich durch die Wolken und ließ ein paar schwache Strahlen durch das verglaste Dach auf die, von Kaugummiresten überzogenen, Bahnsteige fallen. Ein paar Tauben bereiteten sich vor einem öffnenden Bäckerstand auf die Jagd nach Krümeln vor, als sie von Tessa und Ellie aufgescheucht wurden und in alle Winkel des Bahnhofs flohen.

Mit Atlas auf dem Arm joggten die beiden bis zum Ausgang. Dann überreichte Tessa ihn an Ellie. Auf den ersten Blick sah er in Ordnung aus. Aber er strahlte wie eine Wärmflasche. Ein paar Mal hatte er mit den Pfoten unkontrolliert gezuckt und er hechelte zu schnell. Er musste auf jeden Fall zum Tierarzt.

»Hast du die Adresse gespeichert?«

Ellie nickte. »Ja. Das sind ja nur zwanzig Minuten zu Fuß.«

»Wenn irgendetwas passiert, ruf mich an. Ansonsten melde ich mich, nach dem Eingriff.«

»Keine Sorge. Tut mir leid, dass du jetzt doch alleine da durch musst.«

»Ist ja meine Schuld. Und eigentlich ist das ja auch nur ein Arztbesuch. Was soll da groß passieren?« Tessa rang sich ein Lächeln ab. »Vielen Dank, dass du dich um Atlas kümmerst. Wir sehen uns spätestens bei der Fähre.«

Die beiden umarmten sich vorsichtig, um Atlas nicht zwischen sich einzuquetschen. Dann ging Ellie los.

Tessa schaute den beiden einen Augenblick hinterher. Der Aufwand, den sie auf sich nehmen musste. Die ganzen Hürden, seit gestern Mittag. Alles zerrte an ihr wie durchnässte Kleidung. Dabei kam jetzt erst der Teil, der eigentlich schwer sein sollte. Der Teil, wegen dem sie eigentlich ihre Freundin überredet hatte, sie zu begleiten. Und trotzdem stand sie alleine da. Tessa tröstete sich mit dem Gedanken, dass sie es rechtzeitig geschafft hatten. Morgen würde sie wieder zuhause im Bett liegen und alles wäre wie früher. Davon war sie überzeugt. Dann öffnete sie die Karte auf ihrem Handy und verließ den Bahnhof in die andere Richtung.

Der Weg durch die Innenstadt war ruhig. Die meisten Geschäfte und Restaurants waren noch geschlossen, nur verirrte Jogger und ein paar Cafés brachten etwas Bewegung in die breiten Straßen.

Tessa hatte bereits die Hälfte der Strecke geschafft, als sich ihr Magen plötzlich zuschnürte. Ein Knoten Übelkeit setzte sich in ihrer Brust fest. Sie wurde langsamer und zwang sich dazu, ruhig zu atmen. Aber mit jedem Schritt wurde es schlimmer. Ob das die Schuldgefühle waren, weil sie Atlas vergiftet hatte, oder die Angst vor dem Eingriff, wusste sie nicht. Vielleicht war es auch der Schlafmangel durch eine miserable Nacht, gemixt mit einem halben Liter zuckrigem Kaffee, den sie auf leeren Magen getrunken hatte. Oder der Zellklumpen, der in ihr heranwuchs. Alles in allem gab es unangenehm viele Gründe, weshalb ihr gerade schlecht sein könnte. Ein verlässliches Zeichen zukünftig vielleicht den eigenen Lebensstil zu überdenken.

Die Überlegung, was genau der Grund war, nahm allerdings ein schnelles Ende, als die Übelkeit ihr bis in den Hals stieg. Für einen kurzen Augenblick war Tessas einzige Sorge, nicht auf den Bürgersteig zu kotzen, als wäre sie wieder sechzehn und auf dem Rückweg ihrer ersten Party. Mit gesenktem Kopf und der Hand vor dem Mund hastete sie in das nächste Café. Die handgeschriebenen Kreidetafeln mit den Empfehlungen und die türkisgepolsterten Stühle nahm sie nur am Rand wahr, während sie durch die Toilettentür stürzte.

Tessa feuerte den Klodeckel hoch und fiel auf die Knie. Gerade rechtzeitig, um das bisschen Mageninhalt vom Frühstück wieder loszuwerden. Nach ein paar endlosen Sekunden, geplagt von verkrampften Halsmuskeln und Ziehen im Zwerchfell, lehnte sie sich an die Wand. Die kalten Fliesen drückten im Rücken und der Reinigungsstein in der Toilette stank nach künstlicher Zitrone. Aber alles in allem war Tessa dankbar, dass die Toilette so sauber war. Eine knappe Minute blieb sie sitzen und entschuldigte sich in Gedanken für alle schlechten Sachen, die sie über den Busfahrer auf der Fähre gedacht hatte. Schließlich verschwand die Übelkeit langsam wieder. Nur der ekelhafte saure Geschmack und das Kratzen im Rachen blieben.

Tessa wusch sich das Gesicht unter einem kupferfarbenen Wasserhahn, spülte sich den Mund aus und verließ die Toilette. Bis zum Termin war es noch fast eine halbe Stunde und nur knapp dreihundert Meter zu gehen. Genug Zeit, um wieder halbwegs klarzukommen. Tessa entschied sich, die Zeit im Café zu warten. Gepolsterte Stühle und leise Musik hatten vermutlich eine ruhigere Wirkung auf ihren Magen als Arzthelferinnen und Infobroschüren. Außerdem wollte sie unbedingt den beißenden Geschmack im Mund loswerden.

Der Kamillentee dampfte aus einer türkisen Keramiktasse, während Tessa aus dem Fenster auf das letzte Stück Weg schaute. Nur noch die Straße gerade aus. Bald war es geschafft. Dann konnte sie sich im Bett einwickeln und die ganze nächste Woche nicht mehr herauskommen. Was mit den Schmerzen nach dem Eingriff auch durchaus notwendig sein konnte.

Warmer Dampf stieg ihr beim Pusten ins Gesicht. Schluck für Schluck kämpfte sie sich weiter durch den Tee, während sich eine Frau und ein kleines Mädchen an den Tisch neben ihr setzten. Die Mutter legte ihren beigen Mantel über die Lehne und blätterte durch die Karte, während die Tochter ihren Rucksack, aus dem der Kopf eines Plüschbären herausragte, auf den Tisch legte.

»Wir haben einen Stuhl zu wenig. Barry will auch sitzen, sonst wird er traurig«, sagte das Mädchen.

»Das wollen wir ja nicht.«

»Darf ich noch einen Stuhl hohlen?«

Die Frau lächelte und stupste ihrer Tochter auf die Nase.

»Natürlich. Wenn du einen freien Platz findest.«

Das Mädchen schaute sich um und blieb an Tessa hängen. Ihre pinkfarbene Regenjacke knisterte beim Gehen. Die goldenen Locken wippten auf und ab. Sie war vielleicht drei oder vier Jahre alt. Mit schräg geneigtem Kopf blieb sie vor Tessa stehen.

»Entschuldigung?«, fragte das Mädchen.

»Ja?«

»Darf ich mir den Stuhl nehmen?«

»Klar, ich brauche ihn nicht.«

Sie strahlte, als wäre der Weihnachtsmorgen. »Danke sehr.«

»Soll ich ihn dir kurz rüber stellen?«

»Das schaffe ich schon.« Sie schüttelte hektisch den Kopf, hob den Stuhl an und trug ihn mit rot anlaufendem Gesicht bis zu ihrem Tisch.

Während die Mutter sich der Karte widmete, stapelte das Mädchen auf dem neuen Stuhl ihren Rucksack und ihren Teddy so aufeinander, dass der Bär mit der Schnauze gerade so über den Tisch gucken konnte. Das Mädchen betrachtete zufrieden ihre Arbeit und kletterte zurück auf ihren eigenen Stuhl.

»Weißt du, was du essen willst?«, fragte die Mutter.

»Pancakes.« Ein breites Lächeln zog über ihr Gesicht.
»Mit Erdbeeren.«

»Ich schau, ob es welche gibt. Und was ist mit Barry?«

»Der will nichts.«

Die Frau ging in Richtung Kasse, stoppte aber nach
zwei Schritten und ging auf Tessa zu.

»Entschuldigung. Würde es Ihnen etwas ausmachen,
kurz ein Auge auf sie zu werfen? Nur fünf Minuten. Dann
gehe ich noch kurz zur Toilette.«

Tessa schaute auf die Uhr. »Kein Problem. Aber ich
muss in ein paar Minuten wirklich dringend los.«

»Vielen, vielen Dank. Ich beeile mich auch.« Sie wandte
sich ihrer Tochter zu, nahm eine Saftflasche aus ihrer
Handtasche und stellte sie auf den Tisch. »Lauf nicht weg,
ja? Ich bin gleich mit dem Frühstück wieder da.«

»Mach ich nicht«, sagte das Mädchen.

Die Mutter verschwand durch die mit Blumen verzierte
Tür, deren Anblick bei Tessa immer noch Unwohlsein aus-
löste. Dann drehte sich das Mädchen ihr zu.

»Ich bin Carla.«

Tessas Blick löste sich von der Toilettentür. »Freut
mich, dich kennen zu lernen. Ich bin Tessa.«

»Mama hat immer Angst, mich alleine zu lassen.«

»Das kann ich verstehen. Aber du hast keine Angst?«

Sie schüttelte den Kopf und nahm sich die Speisekarte.

»Dann ist ja gut.«

Beim Blick nach draußen schauderte es Tessa. Vor dem Fenster zogen sich die Wolken dichter zusammen, bis die Sonne kaum noch dagegen ankam. Dunkle Schatten breiteten sich auf dem Asphalt aus. Im Café war es dagegen warm und voller Leben.

Eine Indie-Playlist plätscherte aus den Lautsprechern und das Mädchen am Tisch nebenan schaukelte mit den Beinen, während sie versuchte, die Karte zu entziffern. Mit dem Finger fuhr sie über jede Zeile. Schließlich gab sie auf, nahm die Karte und ging zu Tessa rüber.

»Kannst du mir das da vorlesen?«

Tessa schaute auf die Uhr und zur Toilette. Niemand war zu sehen. »Ja, klar. Was denn?«

»Steht da drauf Pancakes?«

Sie lächelte. »Ja, es gibt Pancakes.«

Das Mädchen hüpfte einmal. »Ich liebe Pancakes. Du auch?«

»Pancakes sind echt lecker.«

»Nimmst du auch welche?«

»Das schaffe ich leider nicht. Ich muss gleich los. Da bleibt nicht genug Zeit zum Frühstücken.«

»Warum musst du gehen?«

»Ich habe einen wichtigen Termin, den ich nicht verpassen darf.«

»Ach so … Ich geb dir einen von mir ab.«

»Sehr lieb von dir.« Bei dem Gedanken an Essen grummelte Widerstand in Tessas Magen. »Aber du brauchst die dringender. Du musst ja noch wachsen.«

»Na gut.«

Endlich kam die Mutter zurück an den Tisch. In den Händen hielt sie ein Tablett, gefüllt mit Kaffee, Pancakes und Kuchen. Während ihre Tochter sich auf ihr Frühstück stürzte, bedankte sie sich mehrmals bei Tessa und schob ihr einen Teller mit einem Stück Apfelkuchen zu. Aus den dicken Streuseln dampfte es. Von den weichen Apfelstücken tropfte der Saft auf den Teller. Vielleicht konnte ihr Magen doch schon wieder eine Kleinigkeit vertragen.

Tessa streckte die Hand aus, da blinkte ihr Handy. Der Kalender hatte sich gemeldet. In großen Buchstaben zeigte er in fünfzehn Minuten »Heimwärts« an. Der Code, den Tessa sich für den Termin in der Klinik eingetragen hatte.

Sie seufzte. Draußen hatte Nieselregen eingesetzt. Der Asphalt wurde dunkler. Carla machte das nichts. Sie erklärte ihrem Teddy, wie man Pancakes am besten schnitt, damit der Geschmack nicht verloren geht.

Tessa schaute auf ihren Bauch. Vielleicht war heute die einzige Chance, um auch irgendwann an so einem Tisch zu sitzen. Wer wusste schon, was in Zukunft passiert, ob es jemals wieder so weit kommen würde. Aber vielleicht sprachen da auch nur der Hunger und die Schlaflosigkeit aus ihr.

Eine Träne versuchte, sich den Weg aus ihren Augen zu kämpfen, aber Tessa presste entschlossen mit den Fingern dagegen. Sie stellte den Apfelkuchen zurück, bedankte sich und verabschiedete sich von Carla. Dann ging sie nach draußen.

Das letzte Stück zur Klinik führte an einer breiten Haupt-
straße entlang, vorbei an unscheinbaren Bürogebäuden.
Tessa hatte schon Sorge, sie könnte es nicht direkt finden,
aber eine Wand mit der liebevollen Graffitiaufschrift »Gott
hasst euch« ließ glücklicherweise keine Zweifel. Das
musste die richtige Einfahrt sein.

Ein paar Meter vor der Tür stand eine ältere Frau in
grauer Kleidung. Der leichte Regen schien sie nicht zu be-
eindrucken. Mit voller Überzeugung drückte sie Tessa
einen Flyer entgegen. In riesigen Buchstaben wurde auf
dem Blatt vor dem Post-Abtreibungssyndrom gewarnt,
während daneben eine Frau in schwarz-weiß aus einem
verregneten Fenster auf die graue Welt schaute. Aus Liebe
zur Umwelt steckte Tessa ihn tatsächlich ein, statt ihn einfach fallen zu lassen. Als ob ein Stück bedruckter Zellstoff
sie nach allem jetzt noch umstimmen könnte.

Sie klingelte und einen Augenblick später summte die
Tür. Tessa wusste nicht genau, womit sie gerechnet hatte.
Aber das hier war deutlich netter. Keine vermummten
Gestalten, abgenutzte Liegen oder rostige Eimer. Nur ein
heller Raum mit zwei Topfpflanzen und einer lächelnden
Arzthelferin hinter einem Tresen.

Die Aufnahme dauerte nur ein paar Minuten. Tessa
füllte ein paar Fragebögen aus und die Frau erklärte den

Ablauf für die nächsten Stunden. Erst kamen das Beratungsgespräch und die Voruntersuchung. Wenn das alles in Ordnung ist, bekäme sie die Betäubung und etwas später wäre der Eingriff. Anschließend könnte sie sich in ihrem Raum erholen.

Zum Schluss überreichte Tessa das verbleibende Geld. Jetzt waren wirklich nur noch ein paar Pfund übrig. Immerhin würde sie endlich nicht mehr das Gefühl haben, als würde jeder Mensch die Tasche mit seinen Blicken röntgen.

»Damit haben wir alles erledigt«, sagte die Arzthelferin. »Ich bringe Sie in den Warteraum.«

Tessa folgte ihr einen Gang entlang bis zu einem kleinen Raum, in dem bereits zwei Frauen auf weinrot gepolsterten Stühlen saßen. Eine las in einem Buch, die andere tippte auf dem Handy herum.

»Es wird wahrscheinlich etwas länger dauern. Falls irgendetwas ist, melden Sie sich jederzeit.«

»Vielen Dank, mache ich.«

Tessa hängte die nasse Jacke an den Kleiderständer und ließ sich schnaubend auf einen Stuhl fallen. Die beiden Frauen grüßten höflich, konzentrieren sich aber direkt wieder auf sich selbst. Niemand sagte etwas. Nur die Uhr gegenüber an der Wand tickte leise, während die Zeiger sich vorwärts drehten. Eigentlich hatte Tessa erwartet, dass sie sich am Ende unsicher wäre. Dass sie sich vor sich selbst rechtfertigen musste. Aber keiner dieser Gedanken traute sich hervor. Die nasse Hose klebte an ihrer Haut, ihr

Magen rebellierte immer noch und ihr Kopf brummte von der schlaflosen Nacht. Den Schmerz in den Füßen nahm sie gar nicht mehr wahr. Dafür schielte sie ständig auf das Handy, aus Sorge vor schlechten Nachrichten von Atlas. Noch nie hatte sie sich gleichzeitig so erschöpft und so stark gefühlt. Sie hatte wirklich alles gegeben, um hier zu sitzen.

# Endlich zuhause

Eingerollt in ihre Decke lag Tessa auf dem Bett und starrte das schräge Dachfenster an. Sie hatte keine Lust auf die Uhr zuschauen. So wie die Sonne auf den Schreibtisch fiel, musste es irgendwann nachmittags sein. Die halbgegessene Pizza vom Mittag war längst kalt, genau wie die Wärmflasche neben ihr. Die Motivation aus dem Bett aufzustehen, reichte trotzdem nicht aus. Die letzten zwei Tage fühlten sich eher wie Monate an. Jeder Zentimeter ihres Körpers war mit Erschöpfung getränkt und zerrte sie ins Bett wie eine zweite Schwerkraft. Außer das halbfertige Bild auf ihrer Staffelei zu betrachten und Atlas zu streicheln, der dank des Magenauspumpens völlig unversehrt neben ihrem Bett lag, hatte sie eigentlich nur die Ruhe genossen.

Sie griff nach der Pizza und zwang sich ein paar Bissen runter. Anschließend nahm sie eine neue Schmerztablette. Die dritte an diesem Tag. Die Erschöpfung und die Tabletten zeigten zwar, dass es ihr nicht gut ging, aber sie ließen keinen Schluss zu warum. Es konnte schließlich niemand sehen, woher die Krämpfe in ihrem Unterleib kamen. Die Unterlagen aus der Praxis hatte sie auf dem Heimweg entsorgt, genau wie die ganzen Broschüren. Nur das Ultraschallbild war geblieben. Das war sicher verstaut in der kleinen Blechschachtel unten in ihrer Kommode, zusammen mit dem ersten Liebesbrief, den sie in der fünften Klasse unbeantwortet zurückbekommen hatte, und dem letzten Foto von ihren Großeltern, auf dem Linus und sie noch Kleinkinder waren.

Erst als ihre Eltern kurz vor acht zurückkamen, war Tessa wieder hellwach. Sie setzte sich in ihrem Bett auf. Selbst in ihrem Zimmer konnte sie genau zuhören, wie die beiden unten mit Linus stritten. Er hatte den ganzen Tag über krampfhaft versucht seine Party zu verstecken und alle möglichen Gerüche und Flecken aus dem Wohnzimmer zu kriegen. Aber jetzt rächte es sich, dass er sich sein Leben lang vor dem Putzen gedrückt hatte. Ein bisschen mehr Ahnung von Reinigungsmitteln hätte ihm jetzt vielleicht Ärger erspart.

Schließlich ließen die Stimmen nach. Es war ein paar Minuten ruhig und Tessa hoffte schon, dass ihre Eltern sie vergessen hatten. Doch dann hörte sie die dumpfen Schritte von der Treppe immer lauter werden.

Es klopfte an der Tür.

»Tessa?«

»Ja, was gibt's?«

»Wir wollten kurz mit dir reden.«

»Klar.«

Die Tür ging auf. Tessa zog die Bettdecke zurück und setzte sich aufrecht hin, um etwas fitter auszusehen.

»Ich weiß, ich weiß. Das war unverantwortlich, niemandem zusagen, dass ich wegfahre. Tut mir wirklich leid, dass ich da nicht dran gedacht habe. Wird nicht wieder vorkommen. Das Geld kriegt ihr natürlich wieder. Das kann nur etwas dauern. Ich bin gerade ein bisschen knapp bei Kasse.«

Ihre Mutter setzte sich auf den Stuhl vor dem Schreibtisch. Ihr Vater stellte sich daneben. Sein Poloshirt und ihr Sweater hatten beide den gleichen cremefarbenen Ton. »Freut mich, zu hören, dass du den Fehler einsiehst. Es kostet schließlich nichts, einfach Bescheid zu sagen, und niemand muss sich Sorgen machen.«

Die beiden schienen nicht wütend zu sein. Eher mitleidig. Entweder sah Tessa so schlecht aus, wie sie sich fühlte, oder ihre Eltern hatten alle Energie bereits an Linus ausgelassen.

»Deswegen wollten wir allerdings nicht mit dir reden.« Das Gesicht ihrer Mutter wurde eine Spur sanfter. »Das Wochenende in London war…interessant, könnte man sagen. Wir haben kaum etwas gesehen, weil wir uns an beiden Tagen die Universität und die Gegend drum herum genau angeschaut haben. Wir wollten dem Ganzen eine faire Chance geben … aber es war furchtbar.«

»Du übertreibst.«

Ihr Vater sprach weiter. »Leider nicht. Ich weiß nicht, wo wir da reingeraten sind. Vor dem Wohnheimgebäude haben Leute ein DJ-Pult aufgebaut und den ganzen Campus beschallt. Überall stank es nach Gras und die Studenten sind rumgetorkelt wie kopflose Hühner. Ein paar von denen haben sich halbnackt ausgezogen und mit ihren Körpern Farbe auf irgendwelchen Laken verteilt.«

»Und das war nicht mal abends. Es war mitten am Tag. Ich will gar nicht wissen, was da noch passiert ist.«

Für Tessa klang das himmlisch. Den Gesichtern nach teilten ihre Eltern diese Ansicht nicht.

»Das war bestimmt eine besondere Veranstaltung und kein normaler Alltag«, sagte Tessa.

»Wenn es nur das gewesen wäre. In der Mensa haben ein paar Studenten einen Aufstand angezettelt, um gegen die Zusammenstellung der Menüs zu demonstrieren. Irgendwas hat ihnen an den Zutaten nicht gepasst. Dabei war das Essen gar nicht schlecht.«

»Und überall wurden politische Plakate aufgeklebt«, fügte ihr Vater hinzu. »Wir haben uns wirklich gefragt, ob da überhaupt irgendwer richtig studiert.«

»Natürlich studieren da Leute ganz normal. Die machen nur nicht so auf sich aufmerksam.«

»Den Eindruck hatten wir nicht.« Ihre Mutter schüttelte den Kopf. »Deshalb sind wir zu dem Schluss gekommen, dass wir es nicht unterstützen werden, dass du dorthin gehst. Du wirst dir eine andere, eine vernünftige Uni aussuchen müssen.«

»Das ist nicht euer Ernst?« Tessa war lauter geworden und Atlas sprang auf. »Wir hatten eine Vereinbarung. Die könnt ihr nicht einfach über den Haufen werfen.«

Ihre Mutter schüttelte den Kopf. »Wir wollen nicht die Kosten tragen und indirekt mit daran schuld sein, dass du deine Zeit vergeudest. Dafür bist du uns zu wichtig. Bei Linus sehen wir schon, was eine schlechte Wahl der Uni bewirken kann. Das soll dir nicht auch passieren.«

Tessa schnaufte. Die letzte Woche hatte sie mit aller Kraft das klapprige Gerüst, auf dem ihre Träume standen, zusammengehalten. Nur damit die beiden jetzt, wie es ihnen gerade in den Kram passte, reinstürmen konnten, um alles umzuwerfen. Damit war Schluss. Es wurde Zeit, dass die beiden verstanden, wie ernst es ihr war.

»Ihr seid unglaublich.«

Sie warf die Decke zurück und quälte sich aus dem Bett. Atlas tapste ihr müde hinterher, während sie im Schlafanzug zur Staffelei ging, wo Frida Kahlos halbfertiges Gesicht sie immer noch erwartungsvoll anstarrte.

»Habt ihr eigentlich irgendeine Ahnung wie schwierig es war diese Zusage zu kriegen? Ihr könnt euch nicht vorstellen, was ich für diesen Platz getan habe.«

»Wir wissen, dass das überraschend ist. Aber wir haben bei der Entscheidung vor allem deine Zukunft im Blick.«

»Und eine der besten Kunstschulen der Welt ist euch für meine Zukunft nicht gut genug?«

»Selbst mit einer guten Kunstschule wartet auf dich trotzdem im Anschluss ein sehr unsicherer Arbeitsmarkt«, erwiderte ihr Vater. »Uns wäre sehr viel wohler, dich in einem anderen Bereich zu sehen.«

Tessa klopfte mit dem Finger auf die Leinwand. »In meiner Zukunft werde ich malen. Egal, ob ihr dafür oder dagegen seid.«

»Davon wollen wir dich auch gar nicht abhalten. Neben deinem Studium wirst du genug Zeit für Hobbys haben, damit du-«

»Nein.« Tessa schaute beiden abwechselnd in die Augen. »Ihr versteht mich falsch. Ich sage es euch jetzt deutlich. Entweder ich studiere Kunst oder ich werde mir hier einen Teilzeitjob als Kellnerin suchen und in irgendeiner verlassenen Fabrikhalle am Stadtrand meine Bilder ausstellen. Aber ich werde nichts studieren, was euch besser gefällt.«

Sie hatte ganz ruhig gesprochen und trotzdem schauten ihre Eltern sie an, als wären sie gerade voller Kraft angeschrien worden. Eine knappe Minute sagte niemand etwas. Schließlich stand ihre Mutter auf.

»Also so aufgeregt, ist es keine gute Idee darüber weiter zu diskutieren.«

»Da gibt es nichts zu diskutieren. Ihr kennt meinen Standpunkt. Daran wird sich nichts ändern.«

»Das führt zu nichts«, sagte ihr Vater.

Die beiden gingen zurück zur Tür. »Wir können gerne morgen weiter darüber reden, was für Optionen du hast. Wir finden bestimmt eine gute Lösung, mit der alle zufrieden sind.«

»O Gott, geht einfach. Lasst mich in Ruhe.«

Tessa funkelte den beiden hinterher, während sich die Tür schloss.

Dann entspannte sie sich und ein unbändiges Bedürfnis zu malen überkam sie. Das unfertige Bild wartete schon viel zu lange.

Farbüberreste bröselten wie bunter Schnee auf den Dielenboden, als Tessa den angetrockneten Pinsel von der Palette befreite. Sie band sich den Kittel um, nahm die Akryl-Tuben und mischte einen frischen Klecks Farbe.

# Weitere Bücher

Veröffentlichung 07.02.2022